アンデルセン

大活字本シリーズ

②

マッチ売りの少女

三和書籍

海外童話傑作選　アンデルセン大活字本シリーズ②

マッチ売りの少女／目次

マッチ売《う》りの少女《しょうじょ》

それはそれは寒《さむ》い日《ひ》でした。雪《ゆき》が降《ふ》っていて、あたりはもう、暗《くら》くなりかけていました。その日《ひ》は、一年《いちねん》のうちでいちばんおしまいの、おおみそかの晩《ばん》でした。この寒《さむ》くて、うす暗《ぐら》い夕《ゆう》ぐれの通《とお》りを、みすぼらしい身《み》なりをした、年《とし》のいかない少女《しょうじょ》がひとり、帽子《ぼうし》もかぶらず、靴《くつ》もはかないで、とぼとぼと歩《ある》いていました。

でも、家《いえ》を出《で》たときには、スリッパをはいていたのです。けれども、そんなものがなんの役《やく》に立《た》つでしょう！

なぜって、とても大《おお》きなスリッパでしたから。むりもありません。おかあさんが、この間《あいだ》まで使《つか》っていたものですもの。ですから、とても大《おお》きかったわけです。それを、少女《しょうじょ》ははいて出《で》かけたのですが、通《とお》りをいそいで横《よこ》ぎろうとしたとき、二台《にだい》の馬車《ばしゃ》がおそろしい勢《いきお》いで走《はし》ってきたので、あわててよけようとした拍子《ひょうし》に、なくしてしまったのです。かたいっぽうは、そのまま、どこかへ見《み》えなくなってしまいました。もういっぽうは、男《おとこ》の子《こ》がひろって、いまに赤《あか》ん坊《ぼう》でも生《う》まれたら、ゆりかごに使《つか》うんだ、と言《い》いながら、持《も》っていってしまいました。

こういうわけで、いま、この少女《しょうじょ》は、かわいらしい、はだしの足《あし》で、歩《ある》いているのでした。その小《ちい》さな足《あし》は、寒《さむ》さのために、赤《あか》く、青《あお》くなっていました。古《ふる》ぼけたエプロンの中《なか》には、たくさんのマッチを入《い》れていました。そして、手《て》にも一《ひと》たば持《も》っていました。きょうは、一日《いちにち》じゅう売《う》り歩《ある》いても、だれひとり買《か》ってもくれませんし、一《いち》シリングのお金《かね》さえ、めぐんでくれる人《ひと》もありませんでした。おなかはへってしまい、からだは氷《こおり》のようにひえきって、みるもあわれな、いたいたしい姿《すがた》をしていました！　ああ、かわいそうに！

雪《ゆき》がひらひらと、少女《しょうじょ》の長《なが》いブロンドの髪《かみ》の毛《け》に、降《ふ》りかかりました。その髪《かみ》は、えり首《くび》のところに、それはそれは美《うつく》しく巻《ま》いてありました。けれども、いまは、そんな自分《じぶん》の姿《すがた》のことなんか、とてもかまってはいられません。見《み》れば、窓《まど》という窓《まど》から、明《あか》りが外《そと》へさしています。そして、ガチョウの焼肉《やきにく》のおいしそうなにおいが、通《とお》りまで、ぷんぷんとにおっています。それもそのはず、きょうはおおみそかの晩《ばん》ですもの。

「そうだわ。きょうは、おおみそかの晩《ばん》なんだもの」

と少女《しょうじょ》は思《おも》いました。

ちょうど、家《いえ》が二《に》けん、ならんでいました。一《いっ》けんの家《いえ》はひっこんでいて、もう一《いっ》けんは、それよりいくらか、通《とお》りのほうへつき出《で》ていましたが、その間《あいだ》のすみっこに、少女《しょうじょ》はからだをちぢこめて、うずくまりました。小《ちい》さな足《あし》を、からだの下《した》にひっこめてみましたが、寒《さむ》さは、ちっともしのげません。それどころか、もっともっと寒《さむ》くなるばかりです。

それでも、少女《しょうじょ》は家《いえ》へ帰《かえ》ろうとはしませんでした。マッチは一《ひと》つも売《う》れてはいませんし、お金《かね》だって、一《いち》シリングももらっていないのですから。このまま家《いえ》へ帰《かえ》れば、おとうさんにぶたれるにきまっています。それに、家《いえ》へ帰《かえ》ったところで、やっぱり寒《さむ》いのはおんなじです。屋根《やね》はあっても、ただあるというだけです。大《おお》きなすきまには、わらや、ぼろきれが、つめてはありますけれど、それでも、風《かぜ》はピューピュー吹《ふ》きこんでくるのです。
少女《しょうじょ》の小《ちい》さな手《て》は、寒《さむ》さのために、もう死《し》んだようになっていました。ああ、こんなときには、たった一本《いっぽん》の小《ちい》さなマッチでも、どんなにありがたいかしれません！　マッチのたばから一本《いっぽん》取《と》り出《だ》して、それをかべにすりつけて、火《ひ》をつけさえすれば、つめたい指《ゆび》は暖《あたた》かくなるのです。

とうとう、少女《しょうじょ》は一本《いっぽん》引《ひ》きぬきました。「シュッ！」ああ、火花《ひばな》が散《ち》って、マッチは燃《も》えつきました。暖《あたた》かい明《あか》るいほ・の・お・は、まるで、小《ちい》さなろうそくの火《ひ》のようでした。少女《しょうじょ》は、その上《うえ》に手《て》をかざしました。それは、ほんとうにふしぎな光《ひかり》でした。なんだか、ピカピカ光《ひか》るし・んちゅう・・・しんちゅうのふたと、しんちゅうの胴《どう》のついている、大《おお》きな鉄《てつ》のストーブの前《まえ》にすわっているような気《き》がしました。まあ、火《ひ》は、なんてよく燃《も》えるのでしょう！　そして、なんて気持《きもち》よく暖《あたた》かいのでしょう！　ほんとうにふしぎです！

少女《しょうじょ》は、足《あし》も暖《あたた》めようと思《おも》って、のばしました。と、そのとたんに、ほのおは、消《き》えてしまいました。ストーブも、かき消《け》すように見《み》えなくなりました。――少女《しょうじょ》の手《て》には、燃《も》えつくしたマッチの燃《も》えさしが、のこっているばかりでした。

また、新《あたら》しいマッチをすりました。マッチは燃《も》えついて、あたりが明《あか》るくなりました。光《ひかり》がかべにさすと、かべはベールのようにすきとおって、少女《しょうじょ》は中《なか》の部屋《へや》を、すかして見《み》ることができました。部屋《へや》の中《なか》には、かがやくように白《しろ》いテーブル・クロスをかけた、食卓《しょくたく》があって、りっぱな陶器《とうき》の食器《しょっき》がならんでいます。しかも、そこには、おなかにスモモやリンゴをつめて焼《や》いたガチョウが、ほかほかと、おいしそうな湯気《ゆげ》を立《た》てているではありませんか。けれども、もっとすばらしいことには、そのガチョウが、ぴょいとお皿《さら》からとびおりて、背中《せなか》にフォークやナイフをつきさしたまま、床《ゆか》の上《うえ》を、よたよたと歩《ある》きだしたのです。そして貧《まず》しい少女《しょうじょ》のほうへ、まっすぐにやってくるのです。

と、そのとき、マッチの火《ひ》が消《き》えてしまいました。あとには、ただ、厚《あつ》い、つめたいかべが、見《み》えるばかりでした。

少女《しょうじょ》はもう一本《いっぽん》、新《あたら》しいマッチをつけました。すると、今度《こんど》は、たとえようもないほど美《うつく》しいクリスマスツリーの下《した》に、すわっているのでした。それは、この前《まえ》のクリスマスのときに、お金持《かねもち》の商人《しょうにん》の家《いえ》で、ガラス戸《ど》ごしに見《み》たのよりも、ずっと大《おお》きくて、ずっとりっぱに飾《かざ》りたててありました。何千本《なんぜんぼん》とも、かぞえきれないほどの、たくさんのろうそくが、緑《みどり》の枝《えだ》の上《うえ》で、燃《も》えていました。そして、商店《しょうてん》の飾《かざ》り窓《まど》にならべてあるような、色《いろ》とりどりの美《うつく》しい絵《え》が、自分《じぶん》のほうを見《み》おろしているのです。思《おも》わず、少女《しょうじょ》は、両手《りょうて》をそちらのほうへ、高《たか》くさしのべました。——

と、そのとき、またもや、マッチの火《ひ》が消《き》えてしまいました。たくさんのクリスマスの光《ひかり》は、高《たか》く高《たか》くのぼっていきました。そしてとうとう、明《あか》るいお星《ほし》さまになりました。その中《なか》の一《ひと》つが、空《そら》に長《なが》い長《なが》い光《ひかり》の尾《お》を引《ひ》いて、落《お》ちていきました。

「ああ、だれかが死《し》んだんだわ」と、少女《しょうじょ》は言《い》いました。

なぜって、いまは、この世《よ》にはいませんが、世界《せかい》じゅうでたったひとりだけ、この子《こ》をかわいがってくれていた、年《とし》とったおばあさんが、よく、こう言《い》っていたからです。「星《ほし》が落《お》ちるときにはね、ひとりの人《ひと》の魂《たましい》が、神《かみ》さまのみもとに、のぼっていくんだよ」

少女《しょうじょ》は、もう一本《いっぽん》、マッチをかべにすりつけました。あたりが、ぱっと明《あか》るくなりました。その光《ひかり》の中《なか》に、あの年《とし》とったおばあさんが、いかにもやさしく、いかにも幸福《こうふく》そうに、光《ひか》りかがやいて立《た》っているのでした。

「おばあさん！」と、少女《しょうじょ》はさけびました。「ああ、あたしも、いっしょに連《つ》れていって！　だって、マッチの火《ひ》が消《き》えちゃえば、おばあさんは行《い》っちゃうんでしょ。さっきの、あったかいストーブや、おいしそうな焼《や》きガチョウや、それから、あの大《おお》きくて、すてきなクリスマスツリーみたいに！」

そう言《い》って、少女《しょうじょ》は、たばの中《なか》にのこっているマッチを、大《おお》いそぎで、みんな、すりました。こうして、おばあさんを、しっかりと、自分《じぶん》のそばにひきとめておこうとしたのです。マッチは、あかあかと燃《も》えあがって、あたりはま昼《ひる》よりも、もっと明《あか》るくなりました。おばあさんが、このときぐらい、美《うつく》しく、大《おお》きく見《み》えたことはありませんでした。おばあさんは、小《ちい》さな少女《しょうじょ》を、腕《うで》にだき上《あ》げました。ふたりは、光《ひかり》とよろこびにつつまれながら、高《たか》く高《たか》く、天《てん》へとのぼっていきました。もう、少女《しょうじょ》には、寒《さむ》いことも、おなかのすくようなことも、こわいこともありません。―ふたりは、神《かみ》さまのみもとに、召《め》されていったのです！

けれども、寒《さむ》い寒《さむ》いあくる朝《あさ》のこと、あの家《いえ》のすみっこには、小《ちい》さな少女《しょうじょ》が頬《ほお》を赤《あか》くして、口《くち》もとにはほほえみを浮《うか》べて、うずくまっていました。―ああ、でも、死《し》んでいたのです。古《ふる》い年《とし》のさいごの晩《ばん》に、つめたく、こごえ死《し》んでしまったのでした。あたらしい年《とし》のお日《ひ》さまがのぼって、小《ちい》さななきがら・・・・の上《うえ》を、照《て》らしました。少《しょう》女《じょ》は、マッチのたばをもったまま、うずくまっていましたが、その中《なか》の一《ひと》たばは、もうほとんど、燃《も》えきっていました。

この子《こ》は暖《あたた》まろうとしたんだね、と、人々《ひとびと》は言《い》いました。けれども、少女《しょうじょ》がどんなに美《うつく》しいものを見《み》たかということも、また、どんな光《ひかり》につつまれて、おばあさんといっしょに、うれしい新年《しんねん》をむかえに、天国《てんごく》へのぼっていったかということも、だれひとり知《し》っている人《ひと》はありませんでした。

【凡例】

・本編「マッチ売りの少女」は、青空文庫作成の文字データを使用した。

底本：「マッチ売りの少女　（アンデルセン童話集Ⅲ）」新潮文庫、新潮社

　　１９６７（昭和42）年12月10日発行

　　１９８９（平成元）年12月15日32刷改版

　　１９９２（平成４）年４月５日34刷

入力：チエコ

校正：木下聡

２０２１年３月27日作成

・文字遣いは、青空文庫のデータによる。

・この作品には、今日からみれば不適切と思われる表現が含まれているが、作品の描かれた時代と、作品本来の価値に鑑み、底本のままとした。

・ルビは、青空文庫のものに加えて、新字新仮名のルビを付し、総ルビとした。

・追加したルビには文字遣いの他、読み方など格段の基準は設けていない。

雪《ゆき》の女王《じょおう》

―七《なな》つのお話《はなし》からできている物語《ものがたり》―

さいしょのお話《はなし》

鏡《かがみ》と、鏡《かがみ》のかけらのこと

さあ、いいですか、お話《はなし》をはじめますよ。このお話《はなし》をおしまいまで聞《き》けば、わたしたちは、いまよりも、もっといろいろなことを知《し》ることになります。それは、こういうわけなのですよ。

あるところに、ひとりのわるいこびとの妖魔《ようま》がいました。それは妖魔《ようま》の中《なか》でも、いちばんわるいほうのひとりでした。つまり、「悪魔《あくま》」です。ある日《ひ》のこと、悪魔《あくま》は、たいそういいごきげんになっていました。というのは、この悪魔《あくま》は、まことにふしぎな力《ちから》をもつ、一枚《いちまい》の鏡《かがみ》をつくったからでした。つまり、その鏡《かがみ》に、よいものや、美《うつく》しいものがうつると、たちまち、それが小《ちい》さくなり、ほとんどなんにも見《み》えなくなってしまうのです。ところが、その反対《はんたい》に、役《やく》に立《た》たないものとか、みにくいものなどは、はっきりと大《おお》きくうつって、しかもそれが、いっそうひどくなるというわけです。たとえようもないほど美《うつく》しい景色《けしき》でも、この鏡《かがみ》にうつったがさいご、まるで、煮《に》つめたホウレンソウみたいになってしまうのです。どんなにょい人間《にんげん》でも、みにくく見《み》えてしまいます。さもなければ、胴《どう》がなくなって、さかさまにうつってしまうのです。顔《かお》は、すっかりゆがめられてしまって、見《み》わけることさえできません。そのかわり、そばかすが一《ひと》つあっても、それが、鼻《はな》や口《くち》の上《うえ》までひろがって、はっきりと見《み》えてくるしまつです。

「こいつは、とてつもなくおもしろいや」と、悪魔《あくま》は言《い》いました。たとえばですよ、なにか信心深《しんじんぶか》い、よい考《かんが》えが、人《ひと》の心《こころ》の中《なか》に起《おこ》ってきたとしますね、すると、鏡《かがみ》の中《なか》には、しかめっつら・・・・・があらわれてくるのです。こびとの悪魔《あくま》は、自分《じぶん》のすばらしい発明《はつめい》に、思《おも》わず、吹《ふ》き出《だ》してしまいました。悪魔《あくま》は、妖魔学校《ようまがっこう》の校長《こうちょう》をしていましたが、この学校《がっこう》にかよっている生徒《せいと》たちは、みんな、奇蹟《きせき》が起《おこ》った、と、言《い》いふらしました。そして、いまこそはじめて、世《よ》の中《なか》と、人間《にんげん》のほんとうの姿《すがた》が見《み》られるのだ、と、口々《くちぐち》に言《い》いました。

こうして、みんなが、その鏡《かがみ》をさかんに持《も》ち歩《ある》いたものですから、とうとうしまいには、その鏡《かがみ》に、ゆがんでうつらない国《くに》も、人間《にんげん》も、なくなってしまいました。そこで、今度《こんど》は、天《てん》までのぼっていって、天使《てんし》や、神《かみ》さまをからかってやろうと、とんでもないことを考《かんが》え出《だ》しました。みんなが、鏡《かがみ》を持《も》って、高《たか》くのぼっていくと、鏡《かがみ》の中《なか》にうつるしかめっつらが、ますますひどくなってきました。そして、鏡《かがみ》をしっかり持《も》っているのが、やっとになりました。みんなは、それでもかまわず、ずんずんのぼっていって、だんだん神《かみ》さまと天使《てんし》のところに近《ちか》づきました。

が、そのとき、鏡《かがみ》は、しかめっつらをしながら、おそろしくふるえだしました。そのため、とうとう、みんなの手《て》から離《はな》れて、地上《ちじょう》に落《お》っこちてしまいました。そして、何千万《なんぜんまん》、何億万《なんおくまん》、いやいや、もっとたくさんの、こまかいかけらに、くだけてしまいました。こうして、いままでよりももっと大《おお》きな不幸《ふこう》を、世《よ》の中《なか》にまき散《ち》らすことになったのです。というのは、くだけ散《ち》ったかけらの中《なか》には、やっと砂粒《すなつぶ》ぐらいの大《おお》きさしかないのも、いくつかあったからです。こういうかけらは、広《ひろ》い世《よ》の中《なか》にとび散《ち》りました。そして、それが、人間《にんげん》の目《め》の中《なか》にはいると、そこにいすわってしまうのです。そうすると、その人《ひと》の目《め》は、なにもかもあべこべに見《み》たり、でなければ、物《もの》のわるいところばかりを、見《み》てしまうようになるのです。なにしろ、一《ひと》つ一《ひと》つの、ほんの小《ちい》さな鏡《かがみ》のかけらでも、鏡《かがみ》ぜんたいと、同《おな》じ力《ちから》を持《も》っているのですからね。

小《ちい》さな鏡《かがみ》のかけらは、幾人《いくにん》かの人《ひと》たちの心《こころ》の中《なか》にさえ、はいりこみました。しかし、そうなると、ほんとうにおそろしいことです。その人《ひと》の心《こころ》は、ひとかたまりの氷《こおり》のようになってしまうのです。また、鏡《かがみ》のかけらの中《なか》には、窓《まど》ガラスに使《つか》われるくらい、大《おお》きいのもありました。けれども、この窓《まど》から友《とも》だちを見《み》ようとしたところで、そんなことは、とてもむりな話《はなし》です。それから、めがねになった、かけらもあります。けれども、このめがねをかければ、物《もの》を正《ただ》しく見《み》たり、正《ただ》しくふるまったりすることは、とうていできません。これを見《み》た悪魔《あくま》は、笑《わら》いころげて、もうすこしで、おなかが、破裂《はれつ》してしまいそうになりました。でも、ゆかいでたまりませんでした。まあ、それはともかくとして、外《そと》では、まだこの小《ちい》さなガラスのかけらが、空中《くうちゅう》を舞《ま》っていました。

さあ、それでは、つぎのお話《はなし》を聞《き》きましょう!

二番《にばん》めのお話《はなし》

男《おとこ》の子《こ》と女《おんな》の子《こ》

大《おお》きな町《まち》には、たくさんの家《いえ》があって、大《おお》ぜいの人《ひと》が住《す》んでいます。ですから、みんながみんな、めいめいの庭《にわ》を持《も》つだけの場所《ばしょ》がありません。それで、たいていの人《ひと》は、植木《うえき》ばちに花《はな》を植《う》えて、それで満足《まんぞく》しなければならないのです。

　ちょうどそういうような町《まち》に、ふたりの貧《まず》しい子供《こども》がいました。ふたりは、植木《うえき》ばちよりもいくらか大《おお》きい庭《にわ》を持《も》っていました。このふたりは、兄妹《きょうだい》ではありませんが、まるで、ほんとの兄妹《きょうだい》のように仲《なか》よしでした。ふたりの両親《りょうしん》は、おとなりどうしで、どちらも屋根裏部屋《やねうらべや》に住《す》んでいました。一方《いっぽう》の家《いえ》の屋根《やね》は、おとなりの家《いえ》の屋《や》根《ね》につづいていて、両方《りょうほう》ののきを、雨《あま》どいがつたっていました。そして、その二《ふた》つの屋根裏部屋《やねうらべや》から、小《ちい》さな窓《まど》がむかいあっていて、といを、ひとまたぎしさえすれば、一方《いっぽう》の窓《まど》からむこうの窓《まど》へ行《い》くことができました。

どちらの両親《りょうしん》も、窓《まど》のそとに大《おお》きな木《き》の箱《はこ》を置《お》いて、その中《なか》に、みんなの食《た》べる野菜《やさい》を植《う》えていました。それから、小《ちい》さなバラも、一《ひと》かぶずつ植《う》えていました。バラは、みごとにしげっていました。そして、この箱《はこ》は、と・い・をまたいで置《お》いてありましたので、箱《はこ》の両《りょう》はしが、もうすこしで、むこうの家《いえ》の窓《まど》にとどきそうになっていました。ですから、両側《りょうがわ》に、いきいきとした、二《ふた》つの花《はな》のかべができているようなぐあいでした。エンドウのつるは、箱《はこ》の外《そと》へたれさがり、バラの木《き》は長《なが》い枝《えだ》を出《だ》して、窓《まど》のまわりにからみついて、たがいにおじぎをしあっていました。そのありさまは、まるで、緑《みどり》の葉《は》と花《はな》とででき た、がいせん門《もん》を見《み》るようでした。箱《はこ》はずいぶん大《おお》きかったし、それに、子供《こども》たちは、その上《うえ》にはいのぼってはいけないと言《い》われていましたから、ふたりはときどき、おかあさんのおゆるしをいただいて、屋根《やね》の上《うえ》に出《で》ました。そして、バラの下《した》に置《お》いてある、小《ちい》さな椅子《いす》に腰《こし》かけて楽《たの》しくあそびました。

冬《ふゆ》になると、こういう楽《たの》しみもなくなりました。窓《まど》ガラスは、よく、こおりついてしまいました。でも、そんなときには、子供《こども》たちは、銅貨《どうか》をストーブであたためて、その熱《あつ》い銅貨《どうか》を、こおりついた窓《まど》ガラスに押《お》しあてました。そうすると、そこに、まん丸《まる》い、すてきな、のぞき穴《あな》ができるのです。両方《りょうほう》の窓《まど》ののぞき穴《あな》からは、やさしい、なごやかな目《め》が、一《ひと》つずつ、のぞいていました。それは、小《ちい》さい男《おとこ》の子《こ》と、女《おんな》の子《こ》の目《め》でした。男《おとこ》の子《こ》はカイ、女《おんな》の子《こ》はゲルダといいました。夏《なつ》のあいだは、ふたりとも、ひとまたぎで、行《い》ったり、来《き》たりすることができました。ところが、冬《ふゆ》になると、たくさんの階段《かいだん》をおりて、それからまた、たくさんの階段《かいだん》をのぼっていかなければなりません。外《そと》では、雪《ゆき》が、さかんに降《ふ》っていました。

「あれは、白《しろ》いミツバチが、むらがっているんだよ」と、年《とし》とったおばあさんが言《い》いました。

「あの中《なか》には、ミツバチの女王《じょおう》もいる？」と、小《ちい》さい男《おとこ》の子《こ》がききました。この子《こ》は、ほんとうのミツバチの中《なか》には女王《じょおう》がいることを、ちゃんと知《し》っていたのです。

「ああ、いるよ」と、おばあさんは言《い》いました。「女王《じょおう》バチはね、ミツバチが、いちばんたくさんむらがっているところを、とんでいるんだよ。みんなの中《なか》で、いちばん大《おお》きいのが女王《じょおう》バチでね、地面《じめん》の上《うえ》にちっともじっとしていないんだよ。黒《くろ》い雲《くも》のほうへ、すぐまたとんでいってしまうのさ。冬《ふゆ》の夜《よる》には、女王《じょおう》バチは、よく、町《まち》の通《とお》りをとびまわって、ほうぼうの家《いえ》の窓《まど》からのぞきこむんだよ。そうして、ふしぎなことに、そのまま窓《まど》ガラスに

こおりついてしまって、まるで、花《はな》をくっつけたように
なるんだよ」
「うん、ぼく、見《み》たことあるよ」「あたしもよ」と、ふ
たりの子供《こども》は、口々《くちぐち》に言《い》いました。そして、ふたりとも、
それがほんとうのことだということを知《し》りました。
「雪《ゆき》の女王《じょおう》は、ここへはいってくることができる？」と、
小《ちい》さい女《おんな》の子《こ》がたずねました。
「はいってきたっていいや」と、男《おとこ》の子《こ》は言《い》いました。
「そしたら、ぼく、あついストーブの上《うえ》にのせてやるから。
そうすりゃ、とけちまうさ」
けれども、おばあさんは、男《おとこ》の子《こ》の髪《かみ》の毛《け》をなでなが

ら、ほかのお話《はなし》をして聞《き》かせました。

　夕方《ゆうがた》、カイは、部屋《へや》の中《なか》で着物《きもの》をぬいでいました。ぬぎかけで、窓《まど》ぎわの椅子《いす》の上《うえ》によじのぼって、小《ちい》さなのぞき穴《あな》から外《そと》をのぞいてみました。外《そと》には、雪《ゆき》のひらが、二《ふた》つ三《みっ》つ、ひらひらと舞《ま》っていました。その中《なか》でいちばん大《おお》きいのが、花《はな》の箱《はこ》のふちにのっかりました。と、その雪《ゆき》のひらは、みるみる大《おお》きくなって、とうとう、女《おんな》の人《ひと》の姿《すがた》になりました。そのひとが身《み》につけている着物《きもの》は、とてもうすい、まっ白《しろ》なしゃででていましたが、それは、お星《ほし》さまのようにキラキラする雪《ゆき》のひらを、何百万《なんびゃくまん》も集《あつ》めてつくったものでした。そのひとは、見《み》れば見《み》るほど美《うつく》しい、ほっそりとしたひとでした。でも、からだは、氷《こおり》でできていました。キラキラする、まぶしいほどの氷《こおり》で、できているのでした。それでも、そのひとは生《い》きていました。目《め》は、明《あか》るい、二《ふた》つのお星《ほし》さまのように、かがやいてはいましたが、おちついた、やすらかなよう す・・・は見《み》えませんでした。女《おんな》のひとは、窓《まど》のほうにむかってうなずきながら、手《て》まねきしました。男《おとこ》の子《こ》は、ふるえあがって、椅子《いす》からとびおりました。なんだか、そのとき、窓《まど》の外《そと》を、一羽《いちわ》の大《おお》きな鳥《とり》が、とびさったような気《き》がしました。

あくる日《ひ》は、霜《しも》のおりた、よいお天気《てんき》になりました。―

それから、雪《ゆき》がとけはじめました。—やがて、春《はる》になりました。お日《ひ》さまはキラキラかがやき、緑《みどり》の草《くさ》が顔《かお》を出《だ》し、ツバメは巣《す》をつくりました。そして、窓《まど》は、あけはなたれました。小《ちい》さな子供《こども》たちは、ふたたび、高《たか》い高《たか》い屋根《やね》の上《うえ》の、小《ちい》さいお庭《にわ》にすわって、あそびました。

バラの花《はな》は、この夏《なつ》は、たとえようもないほど美《うつく》しく咲《さ》きました。小《ちい》さな女《おんな》の子《こ》は、讃美歌《さんびか》を一《ひと》つおぼえました。その中《なか》には、バラの花《はな》のこともうたってありました。そして、歌《うた》の中《なか》にバラの花《はな》のことが出《で》てくるたびに、女《おんな》の子《こ》は、自分《じぶん》の花《はな》のことを思《おも》い出《だ》しました。女《おんな》の子《こ》は、男《おとこ》の子《こ》にうたって聞《き》かせました。そして、男《おとこ》の子《こ》も、いっしょにうたいました。

バラの花《はな》　かおる谷間《たにま》に
あおぎまつる　おさな子《ご》イエスきみ

それから、子供《こども》たちは、手《て》を取《と》りあって、バラの花《はな》にキスをしました。そして、神《かみ》さまの明《あか》るいお日《ひ》さまの光《ひかり》をあおいで、まるで、そこにみどり子《ご》イエスさまがいらっしゃるように、話《はな》しかけました。なんという美《うつく》しい夏《なつ》の日《ひ》でしょう！　家《いえ》の外《そと》で、いきいきとしたバラの花《はな》にかこまれているのは、まことに気持《きもち》のよいものです。バラの花《はな》は、いつまでもいつまでも、咲《さ》きつづけようとしているようでした。

カイとゲルダは、そこにすわって、動物《どうぶつ》や鳥《とり》の絵本《えほん》を見《み》ていました。そのとき、教会《きょうかい》の大《おお》きな塔《とう》で、時計《とけい》がちょうど五時《ごじ》を打《う》ちました。——カイが、こう言《い》いました。

「あ、いたっ！　胸《むね》のところを、なにかに、ちくりとさされたよ。目《め》の中《なか》に、なにかはいったんだ！」

小《ちい》さな女《おんな》の子《こ》は、男《おとこ》の子《こ》の首《くび》をだきました。男《おとこ》の子《こ》は、目《め》をぱちぱちやりました。けれども、なんにも見《み》つかりませんでした。

「もう出《で》てしまったんだろう」と、男《おとこ》の子《こ》は言《い》いました。

でも、まだ出《で》てしまったのではありません。あの鏡《かがみ》、ほら、あの悪魔《あくま》の鏡《かがみ》からとび散《ち》った、小《ちい》さなかけらの一《ひと》つが、とびこんだのです。わたしたちは、まだよくおぼえていますね。あのわるい鏡《かがみ》には、ふしぎな力《ちから》があって、なんでも大《おお》きく美《うつく》しいものは、小《ちい》さくみにくく見《み》えるのに、わるい、いやなものは、はっきりと大《おお》きくうつって、物《もの》のわるいところばかりが、すぐに目《め》につくのでしたね。カイの心臓《しんぞう》の中《なか》には、そのかけらが一《ひと》つはいったのです。かわいそうなカイ！　カイの心臓《しんぞう》は、まもなく、氷《こおり》のかたまりのようになるでしょう。しかし、いまは、もう、いたくはありません。けれども、やっぱりそれは、まだはいっていたのです。

「どうして泣《な》くんだい？」と、カイはききました。「なんて、へんてこな顔《かお》をしてるんだい！　ぼくは、もうなんともないんだぜ。チエッ！」それから、すぐまた、きゅうにさけびました。「そこのバラは、虫《むし》にくわれてらあ！それからさ、あっちのは、あんなにまがってるよ。きたならしいバラの花《はな》だなあ！　まるで、植《う》わっている箱《はこ》みたいだ！」

こう言《い》うと、カイは、はげしく箱《はこ》をけとばしました。それから、二《ふた》つのバラの花《はな》を、むしりとってしまいました。

「カイちゃん、なにするのよ！」と、女《おんな》の子《こ》はさけびました。カイは、ゲルダがびっくりしたのを見《み》ると、さらに、もう一《ひと》つのバラの花《はな》も、むしってしまいました。そして、かわいらしいゲルダのそばを離《はな》れて、自分《じぶん》の家《いえ》の窓《まど》の中《なが》にとびこんでしまいました。

それから、ゲルダが絵本《えほん》を持《も》っていくと、今度《こんど》は、カイは、そんなのは赤《あか》ん坊《ぼう》の見《み》るものだ、と言《い》いました。また、おばあさんがお話《はなし》をすると、ひっきりなしに、「だって、だって」と言《い》っては、口《くち》をはさみました。そればかりではありません。すきさえあれば、すぐに、おばあさんのうしろへまわります。そして、めがねをかけて、おばあさんの話《はな》すまねをするのです。しかも、それがとってもうまかったので、みんなは、大笑《おおわら》いをしました。まもなく、カイは、近所《きんじょ》じゅうの人《ひと》たちの話《はな》し方《かた》も、歩《ある》き方《かた》も、まねすることができるようになりました。みんなのくせとか、よくないところを、カイは、じょうずにまねすることができました。それを見《み》て、人々《ひとびと》は、

「あの子《こ》の頭《あたま》はすばらしい！」と、言《い》いあいました。

けれども、それは、カイの目《め》の中《なか》にはいって、心臓《しんぞう》の中《なか》につきささっている、ガラスのせいだったのです。カイを心《こころ》の底《そこ》から好《す》いている、小《ちい》さなゲルダをさえ、からかうようになったのも、そのためだったのです。

あそびかたも、これまでとは、すっかりかわってきました。なんとなく、頭《あたま》を働《はたら》かせるような、あそびになりました。—雪《ゆき》の降《ふ》りしきっている、ある冬《ふゆ》の日《ひ》のことでした。カイは、大《おお》きなレンズを持《も》って、外《そと》に出《で》ました。そして、自分《じぶん》の青《あお》い上着《うわぎ》のすそをひろげて、その上《うえ》に、雪《ゆき》のひらをつもらせました。

「ゲルダちゃん、このレンズをのぞいてごらん」と、カイは、言《い》いました。見《み》れば、雪《ゆき》のひらの一《ひと》つ一《ひと》つが、たいへん大《おお》きくなって、美《うつく》しい花《はな》か、六角形《ろっかくけい》のお星《ほし》さまのようでした。それは、ほんとうに美《うつく》しいものでした。

「ほら、とってもうまくできてるだろう」と、カイは言《い》いました。「ほんとの花《はな》なんかより、ずっとおもしろいじゃないか。みんな、きちんとして、わるいとこなんか、ちっともないんだからね。だけど、とけなきゃいいんだけどなあ！」

それからすこしたつと、カイは大《おお》きな手袋《てぶくろ》をはめ、そりを肩《かた》にかついで、出《で》てきました。そして、ゲルダの耳《みみ》もとにこう言《い》いました。「ぼくはね、みんなのあそんでいる広場《ひろば》で、そりに乗《の》ってもいいって、言《い》われたんだよ」

こう言《い》うと、カイは、さっさと、行《い》ってしまいました。

広場《ひろば》では、いせいのいい子供《こども》たちが、ときどき、自分《じぶん》たちのそりを、お百姓《ひゃくしょう》の車《くるま》に結《むず》びつけては、ずいぶん遠《とお》くまで、いっしょに走《はし》っていました。そうすると、すばらしく、よく走《はし》るのです。こうして、みんなが、いかにも楽《たの》しそうにあそんでいると、大《おお》きなそりが一台《いちだい》、やってきました。そのそりは、まっ白《しろ》にぬってありました。そのなかには、あらい、白《しろ》い毛皮《けがわ》にくるまって、白《しろ》い、あらい帽子《ぼうし》をかぶった人《ひと》が、すわっていました。

このそりは、広場《ひろば》を二回《にかい》、ぐるぐるまわりました。カイは、自分《じぶん》の小《ちい》さなそりを、すばやく、そのそりに、しっかりと結《むす》びつけました。すると、カイのそりも、いっしょに走《はし》り出《だ》しました。そりは、だんだん早《はや》くなりました。またたくうちに、となりの通《とお》りへはいりました。そのとき、そりを走《はし》らせていた人《ひと》が、ふりかえって、カイに親《した》しそうに、うなずいてみせました。なんだか、ふたりは、もう前《まえ》から知《し》っているような気《き》がしました。カイが、自《じ》分《ぶん》の小《ちい》さなそりをほどこうとすると、そのたびに、その人《ひと》がうなずいてみせるのです。それで、カイは、ついそのまま、また、すわってしまうのでした。

まもなく、ふたりは、町《まち》の門《もん》を通《とお》りぬけました。雪《ゆき》は、ますますはげしく、降《ふ》ってきました。目《め》の前《まえ》に手《て》をのばしても、もう見《み》えないくらいになりました。けれども、そりはどんどん走《はし》りつづけます。そのとき、カイは、いそいで綱《つな》をゆるめて、大《おお》きなそりから離《はな》れようとしました。しかし、そうしてみたところで、どうにもなりません。カイの小《ちい》さなそりは、大《おお》きいそりに、しっかりと結《むす》びつけられているのです。しかも、二《ふた》つのそりは、風《かぜ》のように早《はや》く走《はし》っていきます。

カイは、大《おお》きな声《こえ》でさけびました。でも、だれの耳《みみ》にも聞《きこ》えません。雪《ゆき》は降《ふ》りしきっています。そりは、矢《や》のようにとんでいきます。ときどき、そりは、はねあがりましたが、それは堀《ほり》や生垣《いけがき》をとびこしているようでした。カイは、こわくてたまらなくなって、「主《しゅ》の祈《いの》り」をとなえようとしました。ところが、どうしても、大《おお》きな九九《くく》の表《ひょう》しか思《おも》い出《だ》すことができないのです。

雪《ゆき》のひらは、だんだん大《おお》きくなって、とうとう、大《おお》きな白《しろ》いニワトリのようになりました。そして、それらが両側《りょうがわ》にとびのくといっしょに、大《おお》きなそりがとまりました。すると、そりを走《はし》らせていた人《ひと》が、立《た》ちあがりました。見《み》れば、毛皮《けがわ》も、帽子《ぼうし》も、雪《ゆき》でできています。そのひとは、すらりとした、背《せ》の高《たか》い女《おんな》のひとでした。かがやくように白《しろ》い、女《おんな》のひとでした。このひとこそ、雪《ゆき》の女王《じょおう》だったのです。

「ずいぶん遠《とお》くまできたのよ」と、雪《ゆき》の女王《じょおう》は言《い》いました。「おやおや、ふるえているのね。わたしのシロクマの毛皮《けがわ》の中《なか》に、おはいりなさい！」女王《じょおう》は、こう言《い》うと、カイを大《おお》きなそりに乗《の》せて、自分《じぶん》のそばにすわらせました。そして、毛皮《けがわ》をかけてやりましたが、カイは、まるで雪《ゆき》の吹《ふ》きだまりの中《なか》に、はいったような気《き》がしました。

「まだふるえているの？」と、雪《ゆき》の女王《じょおう》はたずねました。そして、カイのひたいにキスをしました。ああ、しかし、なんというつめたさでしょう！　氷《こおり》よりも、もっとつめたいのです。そして、それはもう氷《こおり》のかたまりになりかけていた、カイの心臓《しんぞう》の中《なか》にしみこみました。カイは、いまにも死《し》にそうな気《き》がしました！――けれども、それはほんの一瞬《いっしゅん》でした。すぐに、気持《きもち》がよくなりました。もう、自分《じぶん》の身《み》のまわりのつめたさを、感《かん》じなくなったのです。

「ぼくのそり！　ぼくのそりを忘《わす》れないでね！」カイは、そりのことを、なによりもさきに思《おも》い出《だ》したのです。そこで、そりは、白《しろ》いニワトリの一羽《いちわ》にゆわえつけられました。ニワトリは、そりを背中《せなか》に乗《の》せて、あとからとんできました。雪《ゆき》の女王《じょおう》は、カイにもう一度《いちど》キスをしました。すると、カイは、小《ちい》さなゲルダのことも、おばあさんのことも、家《いえ》のことも、みんな、きれいに忘《わす》れてしまいました。

「もう、キスはしてあげないよ」と、雪《ゆき》の女王《じょおう》は言《い》いました。「今度《こんど》わたしがキスをすると、おまえは死《し》ぬことになるからね」

カイは、雪《ゆき》の女王《じょおう》をながめました。なんという美《うつく》しさでしょう！　これよりもかしこそうな、じょうひんな顔《かお》は、思《おも》いうかべようとしても、とても思《おも》いうかべることはできません。この姿《すがた》を見《み》れば、いつか、窓《まど》の外《そと》から、自分《じぶん》のほうへ手《て》まねきした時《とき》のように、氷《こおり》でできているとは、とても思《おも》えません。カイの目《め》には、女王《じょおう》は、どこにも欠点《けってん》のない、美《うつく》しい人《ひと》に見《み》えたのです。いまでは、すこしもこわくはありません。

そこでカイは、女王《じょおう》に、自分《じぶん》は暗算《あんざん》ができることを、それも、分数《ぶんすう》の暗算《あんざん》ができることを話《はな》したり、国《くに》の平方《へいほう》マイルのことや、「人口《じんこう》はどのくらい？」のことなどを、話《はな》したりしました。女王《じょおう》は、しょっちゅう、にこにこして聞《き》いていました。けれども、カイは、自分《じぶん》の知《し》っていることは、まだまだじゅうぶんではないような気《き》がしました。ふと、広《ひろ》い広《ひろ》い大空《おおぞら》を見上《みあ》げました。すると、女《じょ》王《おう》はカイを連《つ》れて、空高《そらたか》く黒《くろ》い雲《くも》の上《うえ》までとんでいきました。あらしが、ものすごい音《おと》をたてて、吹《ふ》きまくっています。まるで、むかしの歌《うた》でもうたっているようでした。ふたりは、森《もり》をこえ、湖《みずうみ》をこえ、海《うみ》をこえ、陸《りく》をこえて、とんでいきました。はるか下《した》のほうでは、寒《さむ》い風《かぜ》が、ピューピュー吹《ふ》いていました。オオカミがほえていました。雪《ゆき》がキラキラ光《ひか》っていました。その上《うえ》を、黒《くろ》いカラスが、カーカー鳴《な》きながら、とんでいきました、上《うえ》のほうには、お月《つき》さまが、大《おお》きく、明《あか》るく、かがやいていました。長《なが》い長《なが》い冬《ふゆ》の夜《よる》じゅう、カイは、そのお月《つき》さまをながめていました。そして、昼《ひる》のあいだは、雪《ゆき》の女王《じょおう》の足《あし》もとで眠《ねむ》りました。

三番《さんばん》めのお話《はなし》
魔法《まほう》を使《つか》うおばあさんの花園《はなぞの》

お話《はなし》かわって、カイがいなくなってから、小《ちい》さなゲルダはどうしたでしょうか？　それにしても、カイはどこへ行《い》ってしまったのでしょう？——知《し》っている人《ひと》は、ひとりもいませんでした。教《おし》えてくれる人《ひと》も、ありませんでした。子供《こども》たちの話《はなし》によれば、カイが、自分《じぶん》の小《ちい》さなそりを、大《おお》きな、りっぱなそりに結《むす》びつけて、通《とお》りを走《はし》りぬけて、町《まち》の門《もん》から出《で》ていくのを見《み》たというだけです。だれひとりとして、カイがどこにいるのか、知《し》りませんでした。みんなは、涙《なみだ》をながして、悲《かな》しみました。ことに、小《ちい》さなゲルダは、いつまでもいつまでも泣《な》いていました。——こうして、カイは、町《まち》のすぐそばを流《なが》れている川《かわ》に落《お》ちて、死《し》んだのだろう、ということになりました。

そのため、ほんとうに長《なが》い暗《くら》い、冬《ふゆ》の日《ひ》が、つづきました。

やがて、暖《あたた》かいお日《ひ》さまのかがやく、春《はる》になりました。

「カイちゃんは死《し》んでね、どこかへ行《い》ってしまったのよ」と、小《ちい》さなゲルダは言《い》いました。

「わたしは、そうは思《おも》わないよ」と、お日《ひ》さまは言《い》いました。

「カイちゃんは死《し》んでね、どこかへ行《い》ってしまったのよ」と、ゲルダはツバメに言《い》いました。

「ぼくは、そうは思《おも》いませんよ」と、ツバメは答《こた》えました。みんなが、こう言《い》うので、小《ちい》さなゲルダも、しまいには、そうは思《おも》わなくなりました。

「あたし、あたらしい、赤《あか》い靴《くつ》をはこうっと」と、ある朝《あさ》、ゲルダは言《い》いました。「あの靴《くつ》は、カイちゃんも、まだ見《み》たことがなかったわ。あれをはいて、川《かわ》へ行《い》って、カイちゃんのことをきいてみよう」

夜《よ》が明《あ》けたばかりのころでした。ゲルダは、まだ眠《ねむ》っているおばあさんにキスをすると、赤《あか》い靴《くつ》をはいて、たったひとりで、町《まち》の門《もん》を出《で》て、川《かわ》へ行《い》きました。

「あなたが、あたしの仲《なか》よしを取《と》ってしまったっていうの、ほんとうなの？　あなたが、もしカイちゃんをかえしてくれれば、この赤《あか》い靴《くつ》をあげてよ」

と、どうでしょう。ふしぎなことに、なんだか、波《なみ》が、うなずいたような気《き》がします。そこで、ゲルダは、自分《じぶん》の、だいじなだいじな赤《あか》い靴《くつ》をぬいで、両方《りょうほう》とも川《かわ》の中《なか》へ投《な》げこみました。けれども、靴《くつ》は岸《きし》の近《ちか》くに落《お》ちたものですから、小《ちい》さい波《なみ》が、すぐまた、その靴《くつ》を陸《りく》におしかえしてきました。まるで、ゲルダのいちばんだいじなものを取《と》ってしまうのは気《き》の毒《どく》だ、と言《い》っているように見《み》えました。だって、そうでしょう。川《かわ》は、カイを取《と》りはしなかったのですからね。しかし、ゲルダは、靴《くつ》を遠《とお》くまで投《な》げなかったからだと思《おも》いました。そこで、アシのあいだにあった、ボートにはいあがって、そのいちばんさきまで行《い》きました。そして、そこから、靴《くつ》を投《な》げこみました。ところが、このボートは、しっかりつないでありませんでした。ですから、ボートの中《なか》で、ゲルダが動《うご》いたとたんに、ボートは、するすると岸《きし》を離《はな》れました。ゲルダも、それに気《き》がつきました。それで、岸《きし》に上《あが》ろうとして、あわててボートのこっち側《がわ》のはしまで、もどってきましたが、そのときにはもう、ボートは一《いち》メートル以上《いじょう》も、岸《きし》から離《はな》れていました。そして、そのまま、ぐんぐん早《はや》く、すべり出《だ》しました。

このありさまに、小《ちい》さなゲルダはびっくりして、わっと泣《な》き出《だ》しました。けれども、スズメたちのほかは、だれにも聞《き》こえません。かといって、スズメたちでは、ゲル

ダを陸《りく》に連《つ》れもどしてくれることはできません。スズメたちは、ゲルダをなぐさめようとでもするように、岸《きし》づたいにとびながら、

「あたしたちは、ここよ。あたしたちは、ここよ」と、さえずりました。

ボートは流《なが》れにつれて、くだっていきました。小《ちい》さなゲルダは、靴下《くつした》のまま、ボートの中《なか》でじっとしていました。小《ちい》さな赤《あか》い靴《くつ》は、あとから流《なが》れてきました。けれども、ボートのほうが早《はや》いため、追《お》いつくことはできません。

流《なが》れの両岸《りょうぎし》は、美《うつく》しい景色《けしき》でした。きれいな花《はな》や、年《とし》とった木々《きぎ》や、ヒツジやウシのいる丘《おか》が、目《め》にうつりま

した。けれども、人《ひと》の姿《すがた》はさっぱり見《み》えません。

「もしかしたら、この川《かわ》が、あたしをカイちゃんのところへ連《つ》れて行《い》ってくれるのかもしれないわ」と、ゲルダは思《おも》いました。そう思《おも》うと、いままでよりも、ずっと元気《げんき》がでてきました。そして、ボートの中《なか》に立《た》ちあがって、美《うつく》しい緑《みどり》の両岸《りょうぎし》を、なん時間《じかん》もながめていました。

そのうちに、大《おお》きなサクラの園《その》へ、さしかかりました。園《その》の中《なか》には、小《ちい》さな家《いえ》が一《いっ》けん、立《た》っていました。そして、赤《あか》と青《あお》の、ふしぎな窓《まど》が見《み》えました。屋根《やね》は、ワラでふいてあって、入《い》り口《ぐち》には、木《き》の兵隊《へいたい》さんがふたり、立《た》っていました。そして、舟《ふね》に乗《の》ってとおる人《ひと》に、捧《ささ》げ銃《つつ》をしていました。

ゲルダは、その兵隊《へいたい》さんたちが生《い》きていると思《おも》って、呼《よ》びかけました。けれども、兵隊《へいたい》さんたちは、もちろん返事《へんじ》をしませんでした。やがて、川《かわ》の流《なが》れが、ゲルダのボートを岸《きし》に近《ちか》づけてくれたので、兵隊《へいたい》さんたちのそばまできました。

ゲルダは、もっと大《おお》きな声《こえ》を出《だ》して、もう一度《いちど》呼《よ》んでみました。すると、家《いえ》の中《なか》から、それはそれは年《とし》をとったおばあさんが、撞木杖《しゅもくづえ》にすがって、出《で》てきました。おばあさんは、大《おお》きな日《ひ》よけ帽子《ぼうし》をかぶっていました。見《み》ると、その帽子《ぼうし》には、とてもきれいな花《はな》の絵《え》がかいてありました。

「おやまあ、かわいそうに！」と、おばあさんは言《い》いました。「こんなに大《おお》きな、流《なが》れのはげしい川《かわ》を、よくもまあ、こんな遠《とお》くまで来《き》たもんだ！」おばあさんは、こう言《い》うと、水《みず》の中《なか》まではいってきて、撞木杖《しゅもくづえ》をボートにひっかけて、岸《きし》に引《ひ》きよせてくれました。そして、小《ちい》さいゲルダを陸《りく》にあげてくれました。

ゲルダは、陸《りく》にあがれたので、うれしくてなりませんでしたが、この知《し》らないおばあさんは、なんとなく気味《きみ》わるく思《おも》いました。

「さあ、おいで。おまえは、どこの子《こ》だね？　どうして、ここへ来《き》たんだね？　わたしに話《はな》してごらん」と、おばあさんは言《い》いました。

そこで、ゲルダはおばあさんに、いままでのことをのこらず話《はな》しました。おばあさんは、首《くび》をふりながら、「ふん、ふん」と言《い》って、きいていました。ゲルダは、すっかり話《はな》してしまうと、カイちゃんを見《み》かけませんでしたか、ときいてみました。すると、おばあさんの言《い》うのには、そんな子《こ》はまだここを通《とお》らないね、でも、いまにきっとくるだろう、まあ、あんまり悲《かな》しまないほうがいいよ、サクランボでも食《た》べたり、花《はな》でも見《み》たりしていなさい、ここの花《はな》は、どんな絵本《えほん》よりもきれいなんだよ、それに、その一《ひと》つ一《ひと》つが、お話《はなし》をすることもできるんだよ、と言《い》いました。それから、おばあさんは、ゲルダの手《て》を取《と》って、小《ちい》さい家《いえ》の中《なか》にはいって、入《い》り口《ぐち》の戸《と》をしめました。

窓《まど》は、かなり高《たか》いところにありました。窓《まど》ガラスは、赤《あか》と青《あお》と黄色《きいろ》でしたので、お日《ひ》さまの光《ひかり》がさしてくると、部屋《へや》の中《なか》は、色《いろ》さまざまの、ふしぎな光《ひかり》にみたされました。テーブルの上《うえ》には、いかにもおいしそうな、サクランボがのっていました。ゲルダは、いくら食《た》べてもいいよ、と言《い》われたものですから、好《す》きなだけ食《た》べました。こうして、ゲルダが食《た》べていると、おばあさんは、金《きん》のくしでゲルダの髪《かみ》をすいてくれました。髪《かみ》の毛《け》は、波形《なみがた》にちぢれて、それはそれは美《うつく》しく金色《きんいろ》に光《ひか》りました。そして、バラの花《はな》のように、まるくて、かわいらしい、ゲルダの小《ちい》さな顔《かお》のまわりに、たれさがりました。

「わたしはね、おまえのような、かわいい女《おんな》の子《こ》が、ほしくてならなかったんだよ！」と、おばあさんは言《い》いました。「ふたりで、仲《なか》よくやっていこうじゃないか」

おばあさんがゲルダの髪《かみ》をとかしているうちに、ゲルダは、だんだん、仲《なか》よしのカイのことを忘《わす》れていきました。それもそのはず、このおばあさんは、魔法《まほう》を使《つか》うことができたのですからね。といっても、わるい魔法《まほう》使《つか》いではありませんでした。ただ自分《じぶん》のなぐさみのために、ちょっとばかし、魔法《まほう》を使《つか》うだけだったのです。いまも、かわいらしいゲルダを、自分《じぶん》のそばにおいておきたかっただけなのです。おばあさんは、庭《にわ》へ出《で》ていって、咲《さ》きみだれている、バラの木《き》のほうへ、撞木杖《しゅもくづえ》をのばしました。すると、あんなにも美《うつく》しく咲《さ》いていたバラの花《はな》が、たちまち、黒《くろ》い土《つち》の中《なか》へ、消《き》えうせてしまいました。もう、こうなれば、いままでバラの花《はな》がどこにあったのか、だれにもわかりません。おばあさんとしては、ゲルダがバラの花《はな》を見《み》たら、自分《じぶん》の家《いえ》のバラの花《はな》や、小《ちい》さなカイのことを思《おも》い出《だ》して、逃《に》げていきはしないかと、それが心配《しんぱい》だったのです。

さて、今度《こんど》は、おばあさんは、ゲルダを花園《はなぞの》へ連《つ》れていってくれました。——まあ！　そのかおりのよいこと！　美《うつく》しいこと！　なんという、すてきなところでしょう！　花《はな》という花《はな》が、しかも、春《はる》、夏《なつ》、秋《あき》、冬《ふゆ》、どの季節《きせつ》ものの花《はな》が、いまをさかりと、美《うつく》しく咲《さ》きほこっているのです。どんな絵本《えほん》でも、こんなに色《いろ》あざやかで、美《うつく》しいものはありません。ゲルダは、うれしさのあまり、とびあがりました。そして、お日《ひ》さまが、高《たか》いサクラの木《き》のうしろにしずんでしまうまで、むちゅうになって、あそびつづけました。それから、きれいなベッドの中《なか》へはいって、青《あお》いスミレの花《はな》をつめた、赤《あか》い絹《きぬ》の掛《か》けぶとんをかけて、眠《ねむ》りました。そして、女王《じょおう》さまがご婚礼《こんれい》の日《ひ》に見《み》るような、すてきな夢《ゆめ》を見《み》ました。

ゲルダは、つぎの日《ひ》も、暖《あたた》かいお日《ひ》さまの光《ひかり》をあびて、花《はな》といっしょにあそびました。──こうして、幾日《いくにち》も幾日《いくにち》も、すぎました。ゲルダは、いまでは、どんな花《はな》でも知《し》っています。でも、どんなにたくさんの花《はな》があっても、なんだか一《ひと》つ、たりないような気《き》がしてなりません。けれども、それがなんの花《はな》かはわからないのです。

ある日《ひ》のこと、ゲルダは腰《こし》をおろして、花《はな》の絵《え》のかいてある、おばあさんの日《ひ》よけ帽子《ぼうし》をながめていました。その絵《え》の中《なか》で、いちばんきれいなのは、バラの花《はな》でした。

おばあさんは、庭《にわ》のバラの花《はな》は、のこらず地面《じめん》の中《なか》にかくしてしまいましたが、帽子《ぼうし》にかいてあるバラの花《はな》だけは、消《け》すのを忘《わす》れていたのです。でも、こうしたことは、ちょっとうっかりすると、よくあるものですね。

「あら」と、ゲルダは言《い》いました。「ここには、バラの花《はな》がないわ」

こう言《い》うと、花園《はなぞの》の中《なか》へとびだしていって、いっしょうけんめい、バラの花《はな》をさがしました。けれども、いくらさがしても、見《み》つかりません。ゲルダは、とうとう、そこにすわりこんで、泣《な》き出《だ》しました。すると、ゲルダの熱《あつ》い涙《なみだ》が、ちょうど、バラの木《き》のしずんだ地面《じめん》の上《うえ》に、はらはらとこぼれ落《お》ちました。と、暖《あたた》かい涙《なみだ》に土《つち》がうるおされたものですから、たちまち、バラの木《き》が芽《め》を出《だ》して、大《おお》きくなってきました。そして、しずむ前《まえ》と同《おな》じように、それはそれはきれいな花《はな》を咲《さ》かせました。ゲルダは、それにだきついて、バラの花《はな》にキスをしました。と、そのとたんに、家《いえ》にある美《うつく》しいバラの花《はな》のことを、それといっしょに、小《ちい》さいカイのことを、思《おも》い出《だ》しました。

「まあ、あたしったら、どうしてこんなに、ぐずぐずしてしまったんでしょう」と、小《ちい》さなゲルダは言《い》いました。「カイちゃんをさがさなければならないのに！ ――あなたがた、カイちゃんはどこにいるか知《し》らない？」と、ゲルダは、バラの花《はな》にたずねました。「カイちゃんは死《し》んで、どこかへ行《い》ってしまったと思《おも》う？」

「死《し》んではいませんわ」と、バラの花《はな》は言《い》いました。「あたしたちは、いままで地面《じめん》の下《した》にいたんですのよ。そこには、死《し》んだ人《ひと》はみんないるんですけど、カイちゃんはいませんでしたわ」

「ありがとう」と、小《ちい》さなゲルダは言《い》いました。それから、今度《こんど》は、ほかの花《はな》のところへ行《い》って、そのがく・・をのぞきこんで、たずねました。「あなたたち、カイちゃんがどこにいるか知《し》らない？」

けれども、どの花《はな》も、気持《きもち》よさそうにお日《ひ》さまの光《ひかり》をあびて、うつらうつらと、自分《じぶん》のおとぎばなしや、お話《はなし》を夢《ゆめ》に見《み》ていました。小《ちい》さなゲルダは、そういうお話《はなし》を、それはそれはたくさん聞《き》かされました。そのくせ、カイのことを知《し》っている花《はな》は、一《ひと》つもありませんでした。

では、オニユリは、なんと言《い》ったでしょうか？

「ドン、ドンという、たいこの音《おと》が聞《きこ》えますね。ただ、この二《ふた》つの音《おと》だけですよ。いつまでも、ドン、ドンと。女《おんな》たちの悲《かな》しい歌《うた》をお聞《き》きなさい。坊《ぼう》さんたちの、さけび声《ごえ》をお聞《き》きなさい！

インド人《じん》の女《おんな》が、長《なが》いまっかな着物《きもの》を着《き》て、火葬《かそう》のまきの上《うえ》に立《た》っています。ほのおが、その女《おんな》と、死《し》んだ夫《おっと》のまわりに燃《も》えあがりましたよ。しかし、インド人《じん》の女《おんな》は、そこに集《あつ》まっている人《ひと》たちの中《なか》の、ひとりの男《おとこ》のことを、心《こころ》に思《おも》っているのです。その男《おとこ》の目《め》は、ほのおよりも熱《あつ》く燃《も》えています。その男《おとこ》の目《め》のかがやきは、ほのおよりももっと強《つよ》く、女《おんな》の心《こころ》にせまっています。女《おんな》のからだは、もうすぐ、ほのおのために焼《や》きつくされて、灰《はい》になるのです。けれども、心《こころ》のほのおは、火葬《かそう》のほのおの中《なか》で、死《し》にたえてしまうものなのでしょうか？」

「そんなこと、あたしにはわからないわ」と、小《ちい》さなゲルダは言《い》いました。

「これが、わたしのお話《はなし》ですよ」と、オニユリは言《い》いました。

ヒルガオは、なんと言《い》ったでしょうか？

「せまい岩道《いわみち》の上《うえ》までつきでるように、むかしのお城《しろ》がそびえています。しげったキヅタが、古《ふる》びた、赤《あか》いかべをはいのぼって、葉《は》を一枚一枚《いちまいいちまい》とかさねながら、高《たか》い露台《ろだい》のところまで、まつわりついています。その露台《ろだい》には、ひとりの美《うつく》しいお嬢《じょう》さんが立《た》っています。お嬢《じょう》さんは、らんかんから、からだをのり出《だ》して、下《した》の道《みち》を見《み》おろしています。バラの木《き》にすがすがしく咲《さ》いている花《はな》も、このお嬢《じょう》さんほど清《きよ》らかではありません。風《かぜ》に運《はこ》ばれてくるリンゴの花《はな》も、このお嬢《じょう》さんのように軽《かろ》やかではありません。美《うつく》しい絹《きぬ》の着物《きもの》が、サラサラと音《おと》をたてています。でも、このお嬢《じょう》さんの待《ま》っている人《ひと》は、来《こ》ないのでしょうか？」

「それ、カイちゃんのこと？」と、小《ちい》さなゲルダはたずねました。

「あたしはね、ただ、あたしのおとぎばなしをお話《はな》ししただけよ。あたしの夢《ゆめ》なのよ」と、ヒルガオは答《こた》えました。

小《ちい》さいマツユキソウは、なんと言《い》ったでしょうか？

「木《き》と木《き》のあいだに、長《なが》い板《いた》が綱《つな》でつるしてあるわ。ブランコなのよ。かわいらしい女《おんな》の子《こ》がふたり、ブランコしているわ。――着物《きもの》は、雪《ゆき》のようにまっ白《しろ》で、帽子《ぼうし》には、緑色《みどりいろ》の、長《なが》い、絹《きぬ》のリボンがひらひらしていてよ。――ふたりのにいさんがブランコにのって、腕《うで》を綱《つな》にまきつけて、からだをささえているわ。だって、片方《かたほう》の手《て》には小《ちい》さなお皿《さら》を持《も》ってるし、もう一方《いっぽう》の手《て》にはねんどのパイプを持《も》っているんですもの。そうして、シャボン玉《だま》を吹《ふ》いてるのよ。ブランコがゆれて、シャボン玉《だま》が、いろんなきれいな色《いろ》になって、とんでくわ。いちばんおしまいのシャボン玉《だま》は、まだパイプのさきにぶらさがって、風《かぜ》にゆられてるわ。ブランコが動《うご》いててよ。シャボン玉《だま》みたいに軽《かる》そうな、黒《くろ》い小《ちい》さなイヌが、後足《あとあし》で立《た》ちあがって、いっしょにブランコに乗《の》ろうとしているわ。ブランコがゆれたので、イヌが落《お》っこちたわ。あらあら、キャンキャンほえて、おこってる！　からかわれてるのよ。シャボン玉《だま》がこわれたわ。──ゆらゆら揺《ゆ》れるブランコと、ふわふわとんでく水《みず》の泡《あわ》、これがあたしの歌《うた》なのよ」

「あなたのお話《はなし》は、おもしろそうだわ。でも、なんとなく悲《かな》しそうにお話《はな》しするのね。それに、カイちゃんのことは、なんにも言《い》ってくれないわ。じゃ、ヒヤシンスさんのお話《はなし》は？」

「美《うつく》しい三人姉妹《さんにんしまい》がおりました。三人《さんにん》とも、からだが、すきとおるように、ほっそりとしていました。ひとりは赤《あか》、ひとりは青《あお》、もうひとりはまっ白《しろ》の着物《きもの》を着《き》ていました。三人《さんにん》は、お月《つき》さまのかがやく明《あか》るい晩《ばん》に、静《しず》かな湖《みずうみ》の岸《きし》べで、手《て》を取《と》りあって、踊《おど》りました。けれども、この三人《さんにん》は妖精《ようせい》の娘《むすめ》ではありません。人間《にんげん》の娘《むすめ》たちなのです。あたりには、あまいかおりが、ただよっていました。やがて、娘《むすめ》たちは、森《もり》の中《なか》へ姿《すがた》を消《け》しました。かおりは、いっそう強《つよ》くなりました。——

三《みっ》つのお棺《かん》が、あの美《うつく》しい娘《むすめ》たちのはいっている三《みっ》つのお棺《かん》が、森《もり》の茂《しげ》みから出《で》て、湖《みずうみ》の上《うえ》を静《しず》かにすべってゆきました。ホタルが、そのまわりを、空《そら》に浮《うか》んでいる小《ちい》さな明《あか》りのように、光《ひか》りながらとびまわっていました。踊《おど》りをおどった娘《むすめ》たちは、眠《ねむ》っているのでしょうか、それとも、死《し》んだのでしょうか？　──花《はな》のかおりは、言《い》っています、あれは、娘《むすめ》さんたちのなき・が・ら・ですよ、と。ゆうべの鐘《かね》が、死《し》んだ人《ひと》たちの上《うえ》に、悲《かな》しげに鳴《な》りひびいています」

「あなたのお話《はなし》を聞《き》いているうちに、すっかり悲《かな》しくなったわ！」と、小《ちい》さなゲルダは言《い》いました。「あなたのにおいが、ずいぶん強《つよ》いものだから、あたしもその死《し》んだ娘《むすめ》さんのことを思《おも》いうかべてしまうわ。ああ、だけど、カイちゃんはほんとうに死《し》んだのかしら？　バラの花《はな》は地面《じめん》の下《した》にしずんだのだけど、カイちゃんは死《し》んではいなかったって言《い》ってるわ！」

「リン、リン」と、ヒヤシンスの鐘《かね》が鳴《な》りました。「あたしたちは、カイちゃんのために鳴《な》っているのじゃありませんよ。あたしたちは、そんな人《ひと》を知《し》りません。ただ、あたしたちの歌《うた》をうたっているだけですわ。あたしたちの知《し》っている、たった一《ひと》つの歌《うた》をね」

それから、ゲルダは、つやつやした緑《みどり》の葉《は》のあいだから、かがやき出《で》ている、タンポポの花《はな》のところへ行《い》きました。

「あなたは、小《ちい》さな明《あか》るいお日《ひ》さまのようね」と、ゲルダは言《い》いました。「どこへ行《い》ったら、あたしのお友《とも》だちが見《み》つかるか、あなた知《し》らない？」

するど、タンポポは、それは美《うつく》しくかがやいて、もう一度《いちど》ゲルダをながめました。タンポポは、どんな歌《うた》をうたったでしょうか？　でも、その歌《うた》も、カイのことではありませんでした。

「春《はる》のはじめのころでした。とある小《ちい》さい庭《にわ》に、神《かみ》さまのお日《ひ》さまが、暖《あたた》かく照《て》っていました。お日《ひ》さまの光《ひかり》は、となりの家《いえ》の白《しろ》いかべをつたわって、すべり落《お》ちていました。そのかべのすぐそばに、春《はる》のさいしょの黄色《きいろ》い花《はな》が咲《さ》いていました。そして、暖《あたた》かいお日《ひ》さまの光《ひかり》をうけて、キラキラと金色《きんいろ》にかがやいていました。年《とし》とったおばあさんが、庭《にわ》の椅子《いす》に腰《こし》かけていました。そこへ小間使《こまづか》いをしている、貧《まず》しい、きれいな孫娘《まごむすめ》が、ちょっとたずねてきました。娘《むすめ》は、おばあさんにキスをしました。このしあわせなキスには、黄金《おうごん》が、心《こころ》の黄金《おうごん》がありました。口《くち》に黄金《おうごん》、地《ち》に黄金《おうごん》、朝《あさ》の空《そら》にも黄金《おうごん》！　ほら、これが、わたしのお話《はなし》ですよ」と、タンポポは言《い》いました。

「ああ、お気《き》の毒《どく》な、あたしのおばあさん！」と、ゲルダはため息《いき》をついて、言《い》いました。「きっと、あたしに会《あ》いたがっていらっしゃるでしょうね。そして、カイちゃんがいなくなった時《とき》と同《おな》じように、あたしのことを悲《かな》しんでいらっしゃるでしょうね。でも、あたし、すぐにおうちに帰《かえ》ってよ。カイちゃんも、いっしょに連《つ》れてね。―お花《はな》たちにきいても、だめだわ。みんな、自分《じぶん》の歌《うた》ばっかしうたっていて、カイちゃんのことは、ちっとも教《おし》えてくれないんですもの」

それから、ゲルダはかわいい着物《きもの》のすそをからげて、早《はや》く走《はし》れるようにしました。けれども、スイセンの上《うえ》をとびこそうとしたとき、スイセンがゲルダの足《あし》をうちました。そこで、ゲルダは立《た》ちどまって、細長《ほそなが》い黄色《きいろ》い花《はな》を見《み》て、「なにか知《し》っているの？」と、たずねながら、スイセンのほうへからだをかがめました。

スイセンは、なんと言《い》ったでしょうか？

「わたしは自分《じぶん》が見《み》えるんですよ。自分《じぶん》を見《み》ることができるんですよ」と、スイセンは言《い》いました。「ああ、わたしは、なんていいにおいなんでしょう！　――上《うえ》の小《ちい》さな屋根裏部屋《やねうらべや》に、かわいらしい踊《おど》り子《こ》が、衣装《いしょう》を半分《はんぶん》だけつけて、立《た》っていますよ。踊《おど》り子《こ》は、一本足《いっぽんあし》で立《た》ったり、両足《りょうあし》で立《た》ったりしています。こうして、世界《せかい》じゅうをふみつけているのです。でも、まぼろしみたいなものですよ。踊《おど》り子《こ》は、手《て》に持《も》っている布《ぬの》に、お茶《ちゃ》わかしから水《みず》をかけます。それはコルセットですけどもね。――きれいにするのは、いいことですよ！　白《しろ》い着物《きもの》が、くぎにかかっています。これもお茶《ちゃ》わかしの中《なか》であらって、屋根《やね》の上《うえ》でかわかしたんですよ。踊《おど》り子《こ》はこの着物《きもの》を着《き》て、サフラン色《いろ》の布《ぬの》を首《くび》にまきつけます。そうすると、着物《きもの》が、いちだんと白《しろ》くかがやきます。足《あし》を高《たか》く！　ごらんなさい、くきの上《うえ》に立《た》っている姿《すがた》を！　わたしは、自分《じぶん》が見《み》えるんですよ。自分《じぶん》を見《み》ることができるんですよ」

「そんなこと、どうだっていいわよ」と、ゲルダは言《い》いました。「わざわざ、あたしに話《はな》すほどのことじゃないわ」ゲルダは、こう言《い》いすてて、庭《にわ》のはずれまで走《はし》っていきました。

戸《と》はしまっていました。けれども、さびついた掛金《かけがね》をおすと、それがうまくはずれて、戸《と》があきました。そこで、ゲルダは、はだしのまま、広《ひろ》い世《よ》の中《なか》へかけ出《だ》していきました。ゲルダは、三度《さんど》もあとを振《ふ》りかえってみましたが、だれも追《お》いかけてくるようす・・・がありません。あんまり走《はし》ったので、とうとう、もうそれ以上《いじょう》、走《はし》れなくなりました。そこで、そばにあった、大《おお》きな石《いし》の上《うえ》に腰《こし》をおろしました。

ふと、あたりをながめると、いつのまにか、夏《なつ》はすぎさって、秋《あき》も、もう、終《お》わりに近《ちか》づいているではありませんか。あの美《うつく》しい花園《はなぞの》にいたのでは、それに気《き》がつくわけがありません。あの花園《はなぞの》では、いつもいつもお日《ひ》さまがキラキラとかがやいていて、一年《いちねん》じゅうのあらゆる花《はな》が、咲《さ》きかおっていたのですからね。

「あらまあ、なんて、ぐずぐずしてしまったんでしょう！」と、小《ちい》さなゲルダは言《い》いました。「もう、秋《あき》になってしまったわ。休《やす》んでもいられない！」

そこで、ゲルダは、立《た》ちあがって、また歩《ある》いていきました。

ああ、ゲルダの小《ちい》さな足《あし》は、どんなにか傷《きず》つき、つかれはてたことでしょう！　あたりを見《み》まわしても、目《め》にうつるものは、寒々《さむざむ》とした、ものさびしい景色《けしき》ばかりです。長《なが》いヤナギの葉《は》は、すっかり黄色《きいろ》になっていました。露《つゆ》がその葉《は》から、雨《あめ》のように、したたり落《お》ちていました。

葉《は》が一枚《いちまい》、また一枚《いちまい》と、散《ち》っていました。リンボクだけが、まだ実《み》をつけていました。でも、その実《み》は、食《た》べてもすっぱいので、おもわず、口《くち》をすぼめてしまうほどでした。ああ、目《め》に見《み》えるかぎりの世界《せかい》は、なんて灰色《はいいろ》で、いんうつなのでしょう！

四番《よんばん》めのお話《はなし》

王子《おうじ》と王女《おうじょ》

ゲルダは、また休《やす》まなければなりません。ゲルダが腰《こし》をおろすと、ちょうどそのむこうの雪《ゆき》の上《うえ》を、大《おお》きなカラスが一羽《いちわ》、ピョンピョンとんでいました。カラスは、やがて立《た》ちどまって、長《なが》いこと、ゲルダの顔《かお》をながめていました。それから、頭《あたま》をゆらゆらさせながら、「カー、カー。こんちは、こんちは！」と、言《い》いました。カラスには、これ以上《いじょう》、うまく言《い》えなかったのです。けれども、この小《ちい》さな女《おんな》の子《こ》が好《す》きになりましたので、こんな広《ひろ》い世《よ》の中《なか》を、ひとりぽっちで、どこへ行《い》くの、と、ききました。

この「ひとりぽっちで」という言葉《ことば》は、ゲルダにもよくわかりました。そして、この言葉《ことば》には、いろんな意味《いみ》があることを感《かん》じました。そこで、ゲルダは、カラスに、自分《じぶん》の身《み》の上《うえ》を、すっかり話《はな》して聞《き》かせました。そして、カイちゃんを見《み》かけませんでしたか、とたずねてみました。

するとカラスは、おもおもしくうなずいて、こう言《い》いました。

「あれかもしれない。あれかもしれない」

「あら、ほんと？」と、小《ちい》さなゲルダは、思《おも》わず、大《おお》きな声《こえ》を出《だ》しました。そして、カラスを思《おも》いきり強《つよ》くだきしめて、キスをしました。

「おちついて！　おちついて！」と、カラスは言《い》いました。「ぼくは、あれがカイちゃんだと思《おも》うよ。でも、いまは、王女《おうじょ》さまのことで頭《あたま》がいっぱいだから、きみのことは忘《わす》れているらしいよ」

「カイちゃんは王女《おうじょ》さまのところにいるの？」と、ゲルダはたずねました。

「うん。まあ、お聞《き》き」と、カラスは言《い》いました。「だけど、きみたちの言葉《ことば》で話《はな》すのは、とっても骨《ほね》がおれるんだよ。きみが、カラスの言葉《ことば》をわかってくれると、もっとうまく話《はな》せるんだけどなあ！」

「でもね、カラスの言葉《ことば》は、あたし習《なら》わなかったのよ」と、ゲルダは言《い》いました。「おばあさんだったら、わかるんだけど。それに、おばあさんは、赤《あか》ちゃんの言葉《ことば》だってわかるのよ。あたしも習《なら》っておけばよかったわねえ！」

「いいよ、いいよ」と、カラスは言《い》いました。「できるだけ、うまく話《はな》してみるよ。まずいだろうけどね」それから、カラスは、知《し》っていることを話《はな》しはじめました。

「いま、ぼくたちのいるこの国《くに》に、ひとりの王女《おうじょ》さまが住《す》んでいるよ。この方《かた》は、ものすごくりこうなひとでね、世界《せかい》じゅうの、ありとあらゆる新聞《しんぶん》を読《よ》んで、しかも、それをきれいに忘《わす》れてしまうといった、ひとなんだよ。そのくらい、りこうなひとなのさ。王女《おうじょ》さまは、さいきん、玉座《ぎょくざ》についたよ。でも、玉座《ぎょくざ》についたところで、ちっともおもしろいものじゃないからね。

あるとき、王女《おうじょ》さまはこんな歌《うた》を口《くち》ずさんだんだよ。それはね、『どうして、わたしは結婚《けっこん》してはいけないの』って歌《うた》なのさ。『そうだわ、この歌《うた》の言《い》うことは、ほんとだわ』と、王女《おうじょ》さまは言《い》って、結婚《けっこん》しようという気《き》になったんだよ。しかし、おむこさんにむかえようという人《ひと》は、だれかに話《はな》しかけられたら、ちゃんと答《こた》えることのできる人《ひと》で、ただじょうひんぶって、立《た》っているだけの人《ひと》ではいけない、というんだよ。だって、そうだろう、そんな人《ひと》だと、たいくつだものね。そこで、女官《にょかん》たちをみんな集《あつ》めて、そのことを話《はな》したのさ。その話《はなし》を聞《き》くと、女《にょ》

官《かん》たちは、とってもよろこんで、

『けっこうなことにぞんじます』と、みんな、口《くち》をそろえて言《い》ったものさ。『わたくしどもも、このごろ、同《おな》じことを考《かんが》えておりました』ってね。―ぼくの言《い》うことは、一《ひと》つ一《ひと》つがほんとうなんだよ！」と、カラスは言《い》いました。「じつを言《い》うと、ぼくには、人間《にんげん》に飼《か》われている、いいなずけがいてね、彼女《かのじょ》が御殿《ごてん》の中《なか》を自由《じゆう》に歩《ある》きまわることができるもんだから、なにもかも、ぼくに話《はな》してくれたんだよ」

カラスのいいなずけが、カラスであることは、言《い》うまでもありません。なんでも、自分《じぶん》の仲間《なかま》をもとめるものですからね。

「そこで、さっそく、ハート形《がた》と、王女《おうじょ》さまのお名前《なまえ》の頭文字《かしらもじ》とを、ふちにとった新聞《しんぶん》が、でたってわけさ。それを読《よ》むと、姿《すがた》の美《うつく》しい青年《せいねん》なら、だれでも自由《じゆう》に御《ご》殿《てん》へ行《い》って、王女《おうじょ》さまとお話《はなし》することができる、そして、だれが聞《き》いていても、気《き》らくに話《はなし》をし、しかも、いちばんじょうずに話《はなし》のできた人《ひと》を、おむこさんにえらぶ、と、こう書《か》いてあるんだよ！　―ほんとだよ、ほんとだよ！」

と、カラスは言《い》いました。「ぼくが、ここにすわっているのと同《おな》じくらい、たしかなことなんだよ。すると、人々《ひとびと》が、どっと押《お》しよせてきた。まったくたいへんな人《ひと》で、ごったがえすような、ありさまだったよ。ところが、さいしょの日《ひ》も、つぎの日《ひ》も、ひとりとして、うまくやってのける者《もの》がない。みんな、往来《おうらい》にいるときは、なかなかよくしゃべるのさ。

ところが、御殿《ごてん》の門《もん》をくぐって、銀色《ぎんいろ》の服《ふく》を着《き》た番兵《ばんぺい》を見《み》たり、階段《かいだん》をのぼって、金《きん》ピカのお役人《やくにん》を見《み》たり、キラキラした大広間《おおひろま》へ通《とお》されたりすると、ぼうっとなってしまうんだよ。こうして、いよいよ、王女《おうじょ》さまのいる玉座《ぎょくざ》の前《まえ》に立《た》つと、王女《おうじょ》さまの言《い》ったさいごの言葉《ことば》をくりかえすのが、やっとになるのさ。でも、王女《おうじょ》さまは、自分《じぶん》の言《い》った言葉《ことば》を、もう一度《いちど》聞《き》きたいとは思《おも》っていやしない。そこへいくと、だれもかれもが、まるで、かぎタバコをおなかにのみこんだようになって、ぼんやりしてしまう、しまつなのさ！　みんなは、往来《おうらい》へ出《で》てからはじめて、もとのように、しゃべることができるようになるんだよ。人々《ひとびと》の列《れつ》は、町《まち》の門《もん》から御殿《ごてん》までつづいたっけ。ぼくも、そこへ行《い》って見《み》たんだよ」と、カラスは言《い》いました。「みんなは、おなかもすくし、のどもかわく。けれども、御殿《ごてん》では、なまぬるい水一《みずいっ》ぱい、もらえない。頭《あたま》のいい連中《れんちゅう》の中《なか》には、バターパンを持《も》っていった者《もの》もあるけど、もちろん、となりの人《ひと》にわけてやったりはしないよ。この連中《れんちゅう》は、腹《はら》の中《なか》で、『腹《はら》のへったような顔《かお》をさせておきゃ、王女《おうじょ》さまも、こいつをえらんだりはなさるまい』と考《かんが》えていたのさ」

「だけど、カイちゃんは？　小《ちい》さなカイちゃんは？」と、ゲルダは聞《き》きました。「いつ来《き》たの？　その大《おお》ぜいの中《なか》にいたの？」

「まあ、あわてないで。あわてないで。すぐその話《はなし》になるから。三日《みっか》めのことだったっけ。小《ちい》さな男《おとこ》の子《こ》が、馬《うま》にも乗《の》らず、馬車《ばしゃ》にも乗《の》らないで、いかにも楽《たの》しそうに、御殿《ごてん》をさして歩《ある》いてきたんだよ。目《め》は、きみの目《め》のようにかがやいていて、髪《かみ》の毛《け》は、長《なが》くて、きれいだった。だけど、着物《きもの》はみすぼらしいものだったよ」

「それが、カイちゃんだわ！」と、ゲルダは、うれしそうにさけびました。「ああ、とうとう、見《み》つかったわ！」こう言《い》って、手《て》をたたいてよろこびました。

「その子《こ》は、背中《せなか》に小《ちい》さいランドセルをしょっていたよ」と、カラスが言《い》いました。

「ちがうわ。それは、きっと、そりよ」と、ゲルダは言《い》いました。「そりをもったまま、どこかへ行《い》ってしまったんですもの」

「そうかもしれないよ」と、カラスは言《い》いました。「ぼくは、よく見《み》たわけじゃないからね。だけど、飼《か》われている、ぼくのいいなずけの話《はなし》によると、その子《こ》は、御殿《ごてん》の門《もん》をくぐって、銀色《ぎんいろ》の服《ふく》を着《き》た番兵《ばんぺい》を見《み》ても、階段《かいだん》をのぼって、金《きん》ピカのお役人《やくにん》にであっても、びくともしなかったってことだよ。そうして、その人《ひと》たちにうなずいてみせて、『階段《かいだん》の上《うえ》に立《た》っているのは、たいくつでしょう。ぼくは、奥《おく》へ行《い》きますよ』って言《い》ったんだって。広《ひろ》間《ま》には、明《あか》りが、こうこうとかがやいていてね、顧問官《こもんかん》や大臣《だいじん》たちが、はだしで、金《きん》のうつわを持《も》って、歩《ある》いていたんだよ。そんなだと、だれでも、おごそかな気持《きもち》になるものさ。すると、その子《こ》の靴《くつ》がものすごく高《たか》く鳴《な》ったんだよ。でも、その子《こ》は、ちっともこわがらなかったんだってさ」

「カイちゃんにちがいないわ」と、ゲルダは言《い》いました。「カイちゃんには、あたらしい靴《くつ》があるんですもの。おばあさんのお部屋《へや》で、キュッ、キュッ、キュッ、鳴《な》ってたのよ」

「そう、キュッ、キュッ、鳴《な》ったんだってさ」と、カラスは言《い》いました。「それから、元気《げんき》よく王女《おうじょ》さまの前《まえ》へ行《い》ったんだよ。王女《おうじょ》さまは、つむぎ車《ぐるま》ぐらいもある、大《おお》きなしんじゅの上《うえ》に腰《こし》かけていてね、そのまわりには、女官《にょかん》たちと貴族《きぞく》たちがひかえていたんだけど、その人《ひと》たちばかりじゃなく、女官《にょかん》たちの小間使《こまづか》いと、またその小《こ》間使《まづか》いの小《こ》間使《まづか》いや、貴族《きぞく》たちの侍僕《じぼく》と、またその侍僕《じぼく》たちが、ずらっと、ならんでいたんだよ。そして、その侍僕《じぼく》が、また小姓《こしょう》を連《つ》れていたのさ。おまけに、入《い》り口《ぐち》の近《ちか》くに立《た》っている者《もの》ほど、いばったようすをしていたんだよ。侍僕《じぼく》の侍僕《じぼく》につかえている小姓《こしょう》なんかは、ふだんは、上靴《うわぐつ》をはいて歩《ある》きまわっているくせに、このときは、顔《かお》も見《み》られないくらい、えらそうな顔《かお》をして、戸口《とぐち》に立《た》っていたのさ」

「ずいぶん、こわかったでしょうね」と、小《ちい》さなゲルダは言《い》いました。「それで、カイちゃんは王女《おうじょ》さまと結《けっ》婚《こん》したの？」

「ぼくだって、カラスでなけりゃ、王女《おうじょ》さまと結婚《けっこん》するよ。たとえ、だれかと婚約《こんやく》していたってね。その人《ひと》は、ぼくが、カラスの言葉《ことば》で話《はな》すときのようにすらすらと、じょうずに話《はな》したそうだよ。ぼくのいいなずけが、そう言《い》ってたもの。その子《こ》は、ほがらかで、かわいらしい子《こ》供《ども》だったんだよ。ほんとうは、王女《おうじょ》さまに結婚《けっこん》を申《もう》しこむために、御殿《ごてん》へ来《き》たのじゃなくってね、王女《おうじょ》さまがかしこいというものだから、ただそれを知《し》りたいと思《おも》って、来《き》たんだよ。でも、その結果《けっか》、その子《こ》は王女《おうじょ》さまが好《す》きになり、王女《おうじょ》さまのほうでも、その子《こ》が好《す》きになったというわけさ」

「きっと、そうよ。そのひとが、カイちゃんだわ」と、ゲルダは言《い》いました。「カイちゃんは、とってもりこうなんですもの。分数《ぶんすう》の暗算《あんざん》だって、できるのよ。――ねえ、あたしを、御殿《ごてん》へ連《つ》れてってくれない!」

「うん、口《くち》で言《い》うのは、かんたんだがね」と、カラスは言《い》いました。「さてと、どうしたもんかな? そうだ、ぼくのいいなずけに相談《そうだん》してみるとしよう。きっと、いい知恵《ちえ》をかしてくれるよ。なぜかっていうとね、きみのような小《ちい》さい女《おんな》の子《こ》は、御殿《ごてん》へはいってもいい、という、おゆるしがもらえないんだよ!」

「それなら、だいじょうぶ」と、ゲルダは言《い》いました。「あたしがここへ来《き》たってことを、カイちゃんが聞《き》けば、すぐ出《で》てきて、あたしをむかえてくれるわよ」

「あそこの生垣《いけがき》のそばで、待《ま》っててよ」カラスは、こう言《い》うと、頭《あたま》をふりながら、とんでいきました。

あたりが暗《くら》くなってから、カラスは、やっともどってきました。そして、「だいじょうぶ、だいじょうぶ」と、言《い》いました。「ぼくのいいなずけが、くれぐれもよろしくって言《い》ってたよ。これは、きみにあげるパンなんだけど、いいなずけが御殿《ごてん》の台所《だいどころ》から取《と》ってきてくれたんだよ。台所《だいどころ》には、まだたくさんあるよ。きみは、きっと、おなかがへってるだろうからね。

きみが御殿《ごてん》の中《なか》へはいるのは、とてもむりだよ。だって、きみは、はだしなんだもの。銀色《ぎんいろ》の服《ふく》を着《き》た番兵《ばんぺい》と、金《きん》ピカのお役人《やくにん》が、ゆるしてくれっこないよ。でも、そういったからって、泣《な》かなくってもいいんだよ。御殿《ごてん》へは、きっと連《つ》れてってあげるからね。ぼくのいいなずけは、寝室《しんしつ》へあがる、小《ちい》さい裏《うら》ばしごを知《し》ってるのさ。それに、かぎのありかだって、知《し》ってるんだから」

それから、ふたりは、庭《にわ》の中《なか》へはいって、大《おお》きな並木《なみき》道《みち》を歩《ある》いていきました。木《こ》の葉《は》が、一枚《いちまい》、また一枚《いちまい》と、散《ち》っていいます。そのうちに、御殿《ごてん》の明《あか》りが、一《ひと》つ、また一《ひと》つと、消《き》えました。そこで、カラスは、ゲルダを連《つ》れて、裏門《うらもん》のところへ来《き》ました。門《もん》は、いくらかあいていました。

ああ、ゲルダの胸《むね》は、心配《しんぱい》と、あこがれとで、どんなにどきどきしたことでしょう！　まるで、なにかわるいことでも、しようとしているような気持《きもち》でした。ゲルダは、その人《ひと》がカイちゃんかどうかを、知《し》りたいと思《おも》っているだけなのです。たしかに、その人《ひと》は、カイちゃんにちがいありません。ゲルダは、カイのかしこそうな目《め》と、長《なが》い髪《かみ》の毛《け》とを、ありありと思《おも》いうかべました。そしてまた、ふたりが家《いえ》のバラの花《はな》の下《した》にすわっていた時《とき》のように、にこにこ笑《わら》っているカイの姿《すがた》が、目《め》に見《み》えるようでした。カイがゲルダに会《あ》ったなら、しかもゲルダが、自分《じぶん》のために、どんなに遠《とお》い道《みち》を歩《ある》いてきたかを聞《き》いたなら、そしてまた、自分《じぶん》が帰《かえ》らないために、家《いえ》の人《ひと》たちが、どんなに悲《かな》しんでいるかを知《し》ったなら、カイは、きっと、よろこぶにちがいありません。ああ、そう思《おも》うと、こわいようでもあるし、うれしいようでもありました。

やがて、ふたりは、はしご段《だん》の上《うえ》に来《き》ました。小《ちい》さいランプが、たなの上《うえ》にともっていました。床《ゆか》のまんなかに、いいなずけのカラスが立《た》っていて、頭《あたま》をあっちこっちへ動《うご》かして、ゲルダをながめました。そこで、ゲルダは、おばあさんから教《おそ》わっていたように、ていねいにおじぎをしました。

「小《ちい》さなお嬢《じょう》さん、あなたのことは、わたしのいいなずけが、とってもほめておりましたわ」と、御殿《ごてん》のカラスが言《い》いました。「あなたの履歴《りれき》とか申《もう》しますものは、ずいぶん悲《かな》しいんですのね。―それでは、そのランプを持《も》ってくださいませね。あたしがさきに立《た》って、ご案内《あんない》しますから。ここからまっすぐ、まいりましょう。もう、だれにも会《あ》いませんわ」

「あたしのすぐあとから、なにかが、来《く》るような気《き》がするわ」と、ゲルダは言《い》いました。ほんとに、そのとおりです。なにかが、サッと音《おと》を立《た》てて、ゲルダのそばを通《とお》りすぎました。それは、影《かげ》が、かべにうつっていくようでした。たてがみを風《かぜ》になびかせ、やせこけた足《あし》をした馬《うま》、かりゅうどたちのむれ、馬《うま》に乗《の》った紳士《しんし》に、貴婦人《きふじん》、そういったものの、影《かげ》でした。

「あれは、ただの夢《ゆめ》なんですよ！」と、カラスが言《い》いました。「みんなは、ああして、ご主人《しゅじん》の考《かんが》えを狩《か》りに連《つ》れていこうと、むかえにきたんですよ。でも、かえって、つごうがいいですわ。そのほうが、寝《ね》ているところを、ずっとよくごらんになれますもの。ですけど、あなたがいまにえらくおなりになったら、あたしたちにお礼《れい》をくださるのを、お忘《わす》れにならないでね！」

「そんなことは、言《い》うものじゃないよ」と、森《もり》のカラスが言《い》いました。

みんなは、さいしょの広間《ひろま》にはいりました。広間《ひろま》のかべには、きれいな花《はな》もようのついている、バラ色《いろ》のしゅすが、はってありました。ここでも、夢《ゆめ》は、みんなのそばを、音《おと》をたてて通《とお》りすぎていきました。ところが、あんまり早《はや》くとんでいってしまったものですから、ゲルダの目《め》には、ご主人《しゅじん》の姿《すがた》は見《み》えませんでした。広間《ひろま》は、通《とお》りぬけるにつれて、だんだんりっぱになっていきました。ほんとうに、ただただ、あきれてしまうばかりです。

いよいよ、みんなは、寝室《しんしつ》へきました。天井《てんじょう》は、まるで、大《おお》きなシュロの木《き》が、ガラスでできている葉《は》を、それも上等《じょうとう》のガラスでできている葉《は》を、ひろげているようでした。床《ゆか》のまんなかにある、くきのような、ふとい、金《きん》の柱《はしら》には、ユリの花《はな》かと思《おも》われるベッドが二《ふた》つ、つるしてありました。一《ひと》つはまっ白《しろ》で、その中《なか》に王女《おうじょ》が眠《ねむ》っていました。もう一《ひと》つは、まっかでした。その中《なか》には、ゲルダのさがしているカイが、眠《ねむ》っているはずです。ゲルダが、赤《あか》い花《はな》びらの一《ひと》つを、そっとわきへのけると、日《ひ》にやけた首《くび》すじが見《み》えました。――ああ、それはカイです！――ゲルダは、大声《おおごえ》でカイの名《な》を呼《よ》びながら、ランプをさし出《だ》しました。――またもや、夢《ゆめ》が、馬《うま》に乗《の》って、音《おと》をたてながら、この部屋《へや》にもどってきました。――その人《ひと》は、目《め》をさまして、顔《かお》をゲルダのほうへむけました。と、――

それは、カイではありません。

王子《おうじ》は、首《くび》すじのところだけが、カイに似《に》ていたのでした。見《み》れば、若《わか》くて、きれいなひとです。そのとき、白《しろ》いユリの花《はな》のベッドから、王女《おうじょ》が顔《かお》を出《だ》して、そこにいるのはだれ、とたずねました。そこで、ゲルダは、泣《な》きじゃくりながら、いままでの物語《ものがたり》や、カラスが自分《じぶん》のためにしてくれたことなどを、すっかり話《はな》しました。

「まあ、かわいそうに！」と、王子《おうじ》と王女《おうじょ》は言《い》いました。それから、カラスをほめてやりました。そして、自分《じぶん》たちは、すこしもおこってはいないけれども、こんなことは、そうたびたびしてはいけないよ、と言《い》い聞《き》かせました。それはともかくとして、二羽《にわ》のカラスは、ごほうびをいただくことになりました。

「おまえたちは、自由《じゆう》にとびまわりたい？」と、王女《おうじょ》はききました。「それとも、宮中《きゅうちゅう》ガラスという、ちゃんとした地位《ちい》について、お台所《だいどころ》のこぼれものをみんないただきたい？」

すると、二羽《にわ》のカラスは、おじぎをして、ちゃんとした地位《ちい》のほうをお願《ねが》いしました。つまり、二羽《にわ》のカラスは、年《とし》とってからのことを考《かんが》えたわけです。そして、

「年《とし》よりになっても、らくに暮《くら》せるようにしておくのは、よいことでございます」と、言《い》いました。

王子《おうじ》はベッドから起《お》きあがって、ゲルダをそこに寝《ね》かせてくれました。ゲルダにとって、これよりうれしいことはありません。ゲルダは、小《ちい》さな手《て》をあわせました。そして、「人《ひと》にしても、動物《どうぶつ》にしても、なんて親切《しんせつ》なんでしょう！」と、心《こころ》に思《おも》いました。それから、目《め》をつぶって、ぐっすり眠《ねむ》りました。また、さまざまな夢《ゆめ》が、とんではいってきました。こんどは、みんな、かわいらしい天使《てんし》のように見《み》えます。そして、みんなで、小《ちい》さなそりを一《ひと》つ、ひっぱっています。そのそりの上《うえ》には、カイがすわって、うなずいています。でも、これはみんな、ただの夢《ゆめ》にすぎません。ですから、ゲルダが目《め》をさますといっしょに、消《き》えうせてしまいました。

あくる日《ひ》になると、ゲルダは頭《あたま》のさきから、つまさきまで、絹《きぬ》とビロードの着物《きもの》につつんでもらいました。そして、いつまでもこの御殿《ごてん》にいて、楽《たの》しく暮《くら》すように、とすすめられました。けれども、ゲルダはそれをことわって、小《ちい》さな馬車《ばしゃ》と、それをひく馬《うま》と、それから、小《ちい》さな長靴《ながぐつ》を一《いっ》そく、いただけませんか、とお願《ねが》いしました。そうすれば、その馬車《ばしゃ》に乗《の》って、広《ひろ》い世《よ》の中《なか》へもう一度《いちど》カイちゃんをさがしにいってみたいと思《おも》います、と申《もう》しました。

すると、ゲルダは長靴《ながぐつ》ばかりか、手《て》をあたためるマフまでも、いただきました。身《み》じたくも、きれいにできあがりました。こうして、いよいよ出《で》かけようというとき、門《もん》の前《まえ》に、なにからなにまで金《きん》でできている、あたらしい馬車《ばしゃ》がとまりました。その馬車《ばしゃ》には、王子《おうじ》と王女《おうじょ》の紋章《もんしょう》が、お星《ほし》さまのようにキラキラ光《ひか》っていました。御者《ぎょしゃ》と下僕《げぼく》と先乗《さきの》りが、―そうです、先乗《さきの》りまでがいたんですよ―みんな、金《きん》の冠《かんむり》をかぶって、ひかえていました。王子《おうじ》と王女《おうじょ》は、ゲルダをたすけて馬車《ばしゃ》に乗《の》せてくれました。それから、お別《わか》れを言《い》って、ゲルダのしあわせを祈《いの》ってくれました。

森《もり》のカラスは、いまでは結婚《けっこん》していましたが、きょうは、ゲルダを三《さん》マイルばかり送《おく》ってくれることになりました。カラスは、ゲルダとならんで、すわりました。なぜかというと、カラスは、うしろむきに、馬車《ばしゃ》へ乗《の》ることができないからです。もう一羽《いちわ》は、門《もん》のところに立《た》って、羽《はね》をバタバタさせていました。このカラスは送《おく》ってきませんでした。それはこういうわけです。ちゃんとした地位《ちい》についてからは、食《た》べ物《もの》があんまりたくさんありすぎるためか、どうにも、頭《あたま》がいたくてしかたがなかったのです。馬車《ばしゃ》の内側《うちがわ》には、お砂糖《さとう》のはいったビスケットが、いっぱいつめこんであって、腰掛《こしか》けの下《した》にも、果《くだ》物《もの》やコショウ入《い》りのお菓子《かし》が、はいっていました。

「さようなら、さようなら」と、王子《おうじ》と王女《おうじょ》はさけびました。ゲルダは、わっと泣《な》き出《だ》しました。カラスも泣《な》きました。――こうして、早《はや》くも三《さん》マイルばかり、来《き》ました。そこで、カラスも、さようならを言《い》いました。ほんとうに、つらいつらいお別《わか》れでした。カラスは、道《みち》ばたの木《き》の上《うえ》にとびあがって、馬車《ばしゃ》が見《み》えなくなるまで、黒《くろ》い羽《はね》をバタバタさせていました。馬車《ばしゃ》は、いつまでもいつまでも、明《あか》るいお日《ひ》さまのように、キラキラしていました。

五番《ごばん》めのお話《はなし》

小《ちい》さな山賊《さんぞく》の娘《むすめ》

馬車《ばしゃ》は、うす暗《ぐら》い森《もり》の中《なか》を通《とお》っていました。けれども、たいまつの明《あか》りのように、キラキラ光《ひか》っていましたので、それが山賊《さんぞく》たちの目《め》にとまりました。それを見《み》ると、山《さん》賊《ぞく》たちは、がまんができなくなりました。

「金《きん》だぞ！　金《きん》だぞ！」と、山賊《さんぞく》たちは、口々《くちぐち》にさけびながら、馬車《ばしゃ》をめがけて、どっと、おそいかかりました。

馬《うま》をつかまえて、先乗《さきの》りや御者《ぎょしゃ》や下僕《げぼく》をうち殺《ころ》しました。

そして、ゲルダを馬車《ばしゃ》から引《ひ》きずりおろしました。

「この子《こ》は、ふとっていて、かわいい子《こ》だわい。クルミの実《み》で、ふとったんだろ」と、山賊《さんぞく》のばあさんが、言《い》いました。このばあさんには、長《なが》い、こわいひげが生《は》えていて、まゆ毛《げ》は、目《め》の上《うえ》までかぶさっていました。

「こえた小《こ》ヒツジみたいに、うまそうじゃ。さてと、どんな味《あじ》かな」ばあさんは、こう言《い》って、短刀《たんとう》を引《ひ》きぬきました。それは、よく切《き》れそうにピカピカ光《ひか》っていて、おそろしさに身《み》の毛《け》もよだつばかりでした。

「あ、いたっ！」と、その瞬間《しゅんかん》、ばあさんはさけびました。

自分《じぶん》の小《ちい》さな娘《むすめ》に、耳《みみ》をかみつかれたのです。娘《むすめ》は、ばあさんの背中《せなか》にぶらさがっていました。この子《こ》は乱暴《らんぼう》で、手《て》のつけられない子《こ》でした。いまも、おもしろがって、こんなことをしたのです。「こいつめ！」と、ばあさんは言《い》いましたが、そのために、ゲルダを殺《ころ》すことはできませんでした。

「この子《こ》は、あたしとあそぶんだもの」と、小《ちい》さな山《さん》賊《ぞく》の娘《むすめ》が言《い》いました。「それに、この子《こ》はあたしに、マフときれいな着物《きもの》をくれるんだよ。そして、あたしの寝《ね》床《どこ》でいっしょに寝《ね》るのさ」そして、またもやかみついたものですから、ばあさんは、とびあがって、ぐるぐるまわりをしました。ほかの山賊《さんぞく》たちは、そのようすに大笑《おおわら》いをして、「見《み》ろよ、ばあさんが、てめえのがき・と踊《おど》ってるじゃねえか」と、言《い》いました。

「あたし、あの馬車《ばしゃ》に乗《の》ろうっと！」と、小《ちい》さな山賊《さんぞく》の娘《むすめ》は言《い》いました。この子《こ》は、あまやかされて、育《そだ》てられたうえに、人《ひと》いちばい、ごうじょうときています。ですから、いったん言《い》いだしたことは、どこまでも押《お》しとおします。とうとう、ゲルダといっしょに、馬車《ばしゃ》に乗《の》りこみました。そして、切《き》りかぶや、イバラの茂《しげ》みを乗《の》りこえ乗《の》りこえ、森《もり》のおく深《ふか》くへ、馬車《ばしゃ》をずんずん走《はし》らせていきました。山賊《さんぞく》の娘《むすめ》は、ゲルダと同《おな》じくらいの背《せ》かっこうでしたが、肩《かた》はばがひろいし、はだもこげ茶色《ちゃいろ》で、ゲルダよりもずっと強《つよ》そうでした。まっ黒《くろ》な目《め》をしていましたが、どことなく、悲《かな》しいようすが見《み》うけられました。娘《むすめ》は、ゲルダのからだをだいて、言《い》いました。

「あたし、おまえがきらいにならないうちは、だれにも殺《ころ》させやしないよ。おまえは、きっと、王女《おうじょ》さまなんだろう？」

「いいえ」と、小《ちい》さなゲルダは言《い》いました。そして、いままでのことを、のこらず話《はな》して聞《き》かせました。それから、自分《じぶん》がどんなにカイちゃんを好《す》きかということも、話《はな》しました。

小《ちい》さな山賊《さんぞく》の娘《むすめ》は、まじめな顔《かお》をして、ゲルダをじいっと見《み》ていましたが、ちょっとうなずいてから、

「おまえがきらいになったって、だれにも殺《ころ》させやしないよ。そうなったら、あたしが自分《じぶん》で殺《ころ》すから！」と、言《い》って、ゲルダの目《め》をふいてやりました。そして、両手《りょうて》を、たいそうやわらかくて、暖《あたた》かい、きれいなマフの中《なか》へ、つっこみました。

やがて、馬車《ばしゃ》がとまりました。そこは、山賊《さんぞく》のお城《しろ》の中庭《なかにわ》でした。お城《しろ》は、上《うえ》から下《した》までひびがいって、さけていました。大《おお》きいカラスや小《ちい》さいカラスが、そういうさけ穴《あな》からとび出《だ》しました。人間《にんげん》のひとりぐらいはのみ

こめそうな、大《おお》きいブルドッグが幾《いく》ひきも、高《たか》くとびはねていました。しかし、ほえはしませんでした。なぜって、ほえてはいけないと、かたくとめられていたからです。

すすだらけの、古《ふる》い大《おお》きな広間《ひろま》の中《なか》では、石《いし》だたみの床《ゆか》の上《うえ》で、火《ひ》がさかんに燃《も》えていました。煙《けむり》は天井《てんじょう》まで立《た》ちのぼって、出口《でぐち》をさがしていました。大《おお》きな大《おお》きなおかまの中《なか》で、汁《しる》が煮《に》えたぎっていました。そして、野《の》ウサギや、家《いえ》ウサギが、くしざしにされて、火《ひ》の上《うえ》でぐるぐるまわされていました。

「おまえはね、今夜《こんや》は、あたしといっしょに、あたしの小《ちい》さな動物《どうぶつ》たちのところで寝《ね》るんだよ」と、山賊《さんぞく》の娘《むすめ》は言《い》いました。ふたりは、食《た》べ物《もの》や飲《の》み物《もの》をもらって、しすみっこへ行《い》きました。そこには、ワラとふとんが、しいてありました。頭《あたま》の上《うえ》の、はりや棒《ぼう》の上《うえ》には、ハトが百羽《ひゃくわ》ばかり、とまっていました。見《み》たところ、みんな眠《ねむ》っているようでしたが、ふたりが近《ちか》づくと、ちょっとからだを動《うご》かしました。

「これはみんな、あたしのなんだよ」小《ちい》さな山賊《さんぞく》の娘《むすめ》は、こう言《い》うと、いきなり、手近《てぢか》にいた一羽《いちわ》をつかまえました。そして、足《あし》をつかんで、ゆすぶったので、ハトは羽《はね》をバタバタやりました。「キスしてやんな」娘《むすめ》は、こう言《い》って、そのハトで、ゲルダの頬《ほお》をうちました。「あっちにいるのが、森《もり》のやくざ者《もの》だよ」と、娘《むすめ》は話《はな》しつづけながら、かべの高《たか》いところの穴《あな》の前《まえ》にうちこんである、横木《よこぎ》のうしろを指《ゆび》さしました。「あそこにいる、あの二《に》羽《わ》が、森《もり》のやくざ者《もの》なのさ。しっかりとじこめておかないと、すぐとんでっちまうんだよ。それから、ここにいるのが、あたしの古《ふる》い友《とも》だちのべーだよ」こう言《い》うと、一《いっ》ぴきのトナカイを、角《つの》をつかまえて、ひっぱり出《だ》してきました。そのトナカイの首《くび》には、ピカピカ光《ひか》る銅《どう》の首《くび》輪《わ》がはめてあって、それでつながれていたのでした。

「こいつも、しっかりしばっておかなくちゃならないんだよ。でないと、すぐに、あたしたちんとこから、とび出《だ》していっちまうのさ。毎晩《まいばん》、あたしはよく切《き》れるナイフで、こいつの首《くび》をくすぐってやるんだよ。そうすると、こいつ、とってもこわがるから」こう言《い》うと、小《ちい》さな娘《むすめ》は、かべのさけ目《め》から長《なが》いナイフを取《と》り出《だ》して、それでトナカイの首《くび》すじをなでました。かわいそうに、トナカイは足《あし》をバタバタやりました。山賊《さんぞく》の娘《むすめ》は、おもしろそうに笑《わら》いころげました。それから、ゲルダといっしょに寝床《ねどこ》にはいりました。

「あなたは、寝《ね》ているあいだも、ナイフを持《も》っているの？」と、ゲルダはききました。そして、ちょっとこわそうに、そのナイフをながめました。

「寝《ね》ているときだって、ナイフは持《も》ってるよ」と、小《ちい》さな山賊《さんぞく》の娘《むすめ》は言《い》いました。「なにが起《おこ》るか、わかったもんじゃないからね。だけど、さっき話《はな》してくれたカイちゃんのことを、もう一度《いちど》話《はな》しておくれよ。それから、おまえが、この広《ひろ》い世《よ》の中《なか》へ、どうして出《で》てきたかってこともね」

そこで、ゲルダは、もう一度《いちど》はじめから話《はなし》をしました。

すると、森《もり》のハトが、上《うえ》のかごの中《なか》でクークー鳴《な》きました。ほかのハトは、眠《ねむ》っていました。小《ちい》さな山賊《さんぞく》の娘《むすめ》は、ゲルダの首《くび》のまわりに腕《うで》をまきつけて、片手《かたて》にナイフを持《も》ったまま、いびきをかいて、眠《ねむ》りこんでしまいました。

しかし、ゲルダは、目《め》をつぶるどころではありません。これからさき、生《い》きていられるのか、死《し》ななければならないのか、ぜんぜんわからないのです。山賊《さんぞく》たちは、火《ひ》のまわりにすわりこんで、さかんにうたったり、飲《の》んだりしています。ばあさんは、トンボ返《がえ》りを打《う》っています。ああ、しかし、小《ち》さなゲルダにとっては、なんというおそろしい光景《こうけい》だったでしょう！

そのとき、森《もり》のハトが言《い》いました。

「クー、クー！　ぼくたち、カイちゃんを見《み》たよ。白《しろ》いニワトリが、カイちゃんのそりを運《はこ》んでいてね、カイちゃんは雪《ゆき》の女王《じょおう》の車《くるま》に乗《の》ってたよ。ぼくたちが森《もり》の巣《す》の中《なか》で寝《ね》ていると、森《もり》の上《うえ》をすれすれにとんでいったっけ。そのとき、雪《ゆき》の女王《じょおう》がぼくたち子《こ》どもに息《いき》を吹《ふ》きかけたもんだから、ぼくたちふたりのほかは、みんな、こごえ死《し》んじゃったんだよ。クー、クー！」

「あなたたち、そこで、なんて言《い》ってるの？」と、ゲルダは大《おお》きな声《こえ》で言《い》いました。「その雪《ゆき》の女王《じょおう》は、どこへ行《い》ったの？　あなたがた、知《し》ってる？」

「きっと、ラップランドだろうよ。あそこは一年《いちねん》じゅう、雪《ゆき》と氷《こおり》ばっかりだからね。そこにつながれている、トナカイさんにきいてごらん」

「そうですよ、あそこは雪《ゆき》と氷《こおり》ばかりで、じつにめぐまれた、すばらしい所《ところ》ですよ！」と、トナカイは言《い》いました。「キラキラ光《ひか》る大《おお》きな谷間《たにま》を、みんなは自由《じゆう》にとびまわるんです！　そこに、雪《ゆき》の女王《じょおう》は夏《なつ》のテントをはるんですが、女王《じょおう》のほんとうのお城《しろ》は、北極《ほっきょく》の近《ちか》くにあるスピッツベルゲンという島《しま》にあるんですよ」

「ああ、カイちゃん、カイちゃん！」と、ゲルダはため息《いき》をつきました。

「静《しず》かに寝《ね》ていなよ」と、山賊《さんぞく》の娘《むすめ》が言《い》いました。「でないと、このナイフを横《よこ》っ腹《ぱら》へつきさすよ」

あくる朝《あさ》、ゲルダは、森《もり》のハトの言《い》ったことを、のこらず山賊《さんぞく》の娘《むすめ》に話《はな》しました。娘《むすめ》は、たいそうまじめな顔《かお》をして、聞《き》いていましたが、やがてうなずいて、こう言《い》いました。「そんなことは、どっちだっていいや。どっちだっていいや。――おまえは、ラップランドがどこにあるか、知《し》ってんの?」と、トナカイにききました。

「わたしよりよく知《し》っている者《もの》なんて、まず、ないでしょうね」トナカイは、こう言《い》って、目《め》をかがやかせました。「わたしは、あそこで生《う》まれて、大《おお》きくなったんですよ。あそこの雪《ゆき》の原《はら》を、とびまわったんですよ」

「ねえ、おまえ」と、小《ちい》さな山賊《さんぞく》の娘《むすめ》は、ゲルダにむかって言《い》いました。「男《おとこ》はみんな出《で》かけちまって、いまいるのは、おっかさんだけだろ。おっかさんは、うちにのこってるんだけど、朝飯《あさめし》のとき、大《おお》きなびんから酒《さけ》を飲《の》んで、またちょいと寝《ね》こんじまうんだよ。―そしたら、いいこ　としてやるよ！」こう言《い》うと、娘《むすめ》は寝床《ねどこ》からはね起《お》きて、おっかさんの首《くび》っ玉《たま》にとびつきました。そして、そのひげをひっぱりながら、こう言《い》いました。「あたしの大好《だいす》きなヤギさん、おはよう！」

するとおっかさんは、指《ゆび》で、何度《なんど》も何度《なんど》も、娘《むすめ》の鼻《はな》をはじきましたので、しまいには、鼻《はな》が赤《あか》く青《あお》くなってしまいました。けれども、これは、ただかわいくってしただけのことなのです。

そのうちに、おっかさんは、びんのお酒《さけ》を飲《の》んで、寝《ね》こんでしまいました。そのようすを見《み》ると、山賊《さんぞく》の娘《むすめ》は、トナカイのところへ行《い》って、言《い》いました。「あたしは、もっともっと、おまえをピカピカしたナイフで、くすぐってやりたいんだよ。だってそうすりゃ、とってもおもしろいもの。だけど、いいさ。おまえの綱《つな》をほどいて、逃《に》がしてやるから、ラップランドへ行《い》きな。だけど、いっしょうけんめい走《はし》って、この女《おんな》の子《こ》を雪《ゆき》の女王《じょおう》のお城《しろ》へ連《つ》れていくんだよ。そこに、この子《こ》の友《とも》だちがいるんだから。おまえも、この子《こ》が話《はな》していたとき、聞《き》いてただろ。あんなに大《おお》きな声《こえ》でしゃべってたんだもの。それに、おまえだって、耳《みみ》をすまして聞《き》いてたんだから」

トナカイは、うれしさのあまり、はねあがりました。山賊《さんぞく》の娘《むすめ》は、小《ちい》さなゲルダを押《お》し上《あ》げて、トナカイの背《せ》中《なか》に乗《の》せてくれました。そして、ゲルダのからだを、しっかりとゆわえつけて、そのうえ、小《ちい》さな座《ざ》ぶとんまでもくれました。山賊《さんぞく》の娘《むすめ》は、こんなにまでも、いろいろと気《き》をつかってくれたのです。

「どうだっていいや」と、娘《むすめ》は言《い》いました。「これが、おまえの毛《け》の長靴《ながぐつ》だよ。これから、うんと寒《さむ》くなるからね。だけど、マフはもらっておくよ。とってもきれいなんだもの。といったって、おまえに寒《さむ》い思《おも》いはさせないから。この、おっかさんの大《おお》きな指《ゆび》なし手袋《てぶくろ》を持《も》ってきな。おまえなら、ひじのとこぐらいまであるだろ。さあ、はめてみな！　──ふうん、手《て》だけ見《み》てると、まるで、あたしのきたないおっかさんみたいだよ」

ゲルダは、うれしさのあまり、泣《な》き出《だ》しました。

「めそめそするのは、ごめんだよ」と、小《ちい》さな山賊《さんぞく》の娘《むすめ》は言《い》いました。「それよか、うれしそうな顔《かお》でもしな。それから、ここにあるパンを二《ふた》つと、ハムを一《ひと》つやるからね。これだけあれば、おなかもすかないだろ」二《ふた》つとも、トナカイの背中《せなか》のうしろに、ゆわえつけられました。山《さん》賊《ぞく》の娘《むすめ》は、戸《と》をあけて、大《おお》きなイヌをみんなおびき入《い》れました。それから、ナイフでトナカイの綱《つな》を切《き》って、言《い》いました。「さあ、走《はし》ってきな。でも、背中《せなか》の女《おんな》の子《こ》に気《き》をつけるんだよ」

　そこで、ゲルダは、大《おお》きな指《ゆび》なし手袋《てぶくろ》をはめた手《て》を、山賊《さんぞく》の娘《むすめ》のほうへのばして、「さようなら！」と言《い》いました。それから、トナカイはかけ出《だ》して、やぶや、切《き》りかぶをとびこえ、大《おお》きな森《もり》をつきぬけ、沼地《ぬまち》や草原《くさはら》をこえて、いっさんに走《はし》っていきました。オオカミがほえ、カラスが鳴《な》きさけびました。空《そら》のほうで、「シュー、シュー！」いう音《おと》がしました。まるで、なにかが、赤《あか》い火《ひ》をはいているようでした。

「あれは、わたしの昔《むかし》なじみの極光《オーロラ》ですよ」と、トナカイは言《い》いました。「ごらんなさい、あんなによく光《ひか》ってますよ」

それから、トナカイは、いままでよりももっと早《はや》く、夜《よる》も昼《ひる》も、走《はし》りつづけました。パンは、もうすっかり、食《た》べてしまいました。ハムも食《た》べきってしまいました。

そのとき、ラップランドにつきました。

六番《ろくばん》めのお話《はなし》

ラップランドのおばあさんとフィンランドの女《おんな》

トナカイは、とある小《ちい》さな家《いえ》の前《まえ》でとまりました。その家《いえ》は、たいそうみすぼらしい家《いえ》でした。屋根《やね》が地面《じめん》についていて、そのうえ、入《い》り口《ぐち》がたいへん低《ひく》かったので、家《いえ》の人《ひと》たちは、腹《はら》ばいになって、出入《ではい》りしなければなりませんでした。家《いえ》の中《なか》には、ラップランドのおばあさんがひとりいるだけで、ほかには、だれの姿《すがた》も見《み》えませんでした。おばあさんは、魚油《ぎょゆ》ランプのそばに立《た》って、さかなを焼《や》いていました。トナカイは、おばあさんに、ゲルダのことをすっかり話《はな》しました。もっとも、それよりもさきに、自分《じぶん》のことを話《はな》しました。つまり、自分《じぶん》のことのほうが、ずっとだいじに思《おも》われたからです。だいいち、ゲルダは、寒《さむ》さのために、すっかりまいってしまって、話《はな》すこともできないありさまでした。

「おやおや、かわいそうに!」と、ラップランドのおばあさんは言《い》いました。「それなら、まだまだ、ずいぶん行《い》かなきゃならないよ。ここから百《ひゃく》マイルいじょうもさきの、フィンマルケンまで行《い》かなきゃだめだね。雪《ゆき》の女王《じょおう》は、いまそこに行《い》っていて、毎晩毎晩《まいばんまいばん》、青《あお》い火《ひ》を燃《も》やしているんだから。どれ、紙《かみ》がないから干《ひ》ダラにでも、ひとこと書《か》いてあげようか。それを持《も》って、わしの知《し》ってるフィンランドの女《おんな》のとこへ行《い》くがいい。その女《おんな》のほうが、わしよりか、くわしく教《おし》えてくれるだろうよ」

ゲルダは、火《ひ》にあたって、暖《あたた》まりながら、食《た》べたり飲《の》んだりしました。そのあいだに、ラップランドのおばあさんは、干《ひ》ダラに、ひとことふたこと書《か》いて、それをだいじに持《も》っていくようにと、ゲルダに言《い》いました。それから、またゲルダをトナカイの背中《せなか》に、しっかりとゆわえてくれました。そこで、トナカイは、いっさんにかけ出《だ》しました。空《そら》のほうで、「シュー、シュー！」いう音《おと》がしました。たとえようもなく美《うつく》しい、青《あお》い極光《オーロラ》が、一《ひと》晩《ばん》じゅう燃《も》えていました。

そのうちに、とうとう、フィンマルケンに来《き》ました。ふたりは、フィンランドの女《おんな》の家《いえ》のえんとつをたたきました。なぜって、この家《いえ》には戸口《とぐち》がなかったからです。家《いえ》の中《なか》は、たいそう暑《あつ》かったので、フィンランドの女《おんな》は、まるで、はだかのようなかっこうをしていました。このひとは背《せ》が低《ひく》くて、ひどくいんきそうでした。けれども、ゲルダを見《み》ると、すぐに着物《きもの》をぬがせて、手袋《てぶくろ》と長靴《ながぐつ》を取《と》ってくれました。この部屋《へや》の中《なか》では、こうしていないと、暑《あつ》すぎてたまらなかったのです。トナカイには、頭《あたま》の上《うえ》に氷《こおり》を一《ひと》かたまり、のせてやりました。そうしてから、干《ひ》ダラに書《か》きつけてある手紙《てがみ》を読《よ》みました。三度《さんど》ほど、くりかえして読《よ》みました。そして、すっかりそらでおぼえてしまうと、その干《ひ》ダラを鉄《てつ》なべの中《なか》へ、ほうりこみました。こうすれば、まだまだおいしく食《た》べられるのです。このひとは、どんなものでも、そまつにしないひとでした。

トナカイは、まず自分《じぶん》の話《はなし》をして、そのあと、小《ちい》さなゲルダのことを話《はな》しました。フィンランドの女《おんな》は、かしこそうな目《め》をパチパチさせて聞《き》いていましたが、なんとも言《い》いませんでした。

「あなたは、たいへんかしこい方《かた》です」と、トナカイは言《い》いました。「あなたは、世界《せかい》じゅうの風《かぜ》をくくりあわせて、一本《いっぽん》のぬい糸《いと》にしてしまうことができるんですね。わたしは、ちゃんと知《し》ってますよ。船頭《せんどう》が、その一《ひと》つの結《むす》び目《め》をとくと、追風《おいかぜ》が吹《ふ》き、二番《にばん》めの結《むす》び目《め》をとくと、強《つよ》い風《かぜ》が吹《ふ》き、三番《さんばん》め、四番《よんばん》めと、といていくと、あらしになって、森《もり》の木々《きぎ》もたおれてしまうんですね。ところで、この娘《むすめ》さんに、飲《の》み物《もの》をこしらえてやってくれませんか。この娘《むすめ》さんが十二人力《じゅうににんりき》になって、雪《ゆき》の女王《じょおう》を負《ま》かすことができるような、そういう飲《の》み物《もの》をこしらえてやってくれませんか」

「十二人力《じゅうににんりき》だって？」と、フィンランドの女《おんな》は言《い》いました。「さぞ、役《やく》に立《た》つだろうよ！」それから、女《おんな》はたなのところへ行《い》って、ぐるぐるまいた、大《おお》きな毛皮《けがわ》を取《と》り出《だ》して、それをひろげました。そこには、ふしぎな文《も》字《じ》が書《か》いてありました。フィンランドの女《おんな》はそれを読《よ》んでいましたが、読《よ》んでいるうちに、ひたいから、汗《あせ》がぽたぽた落《お》ちはじめました。

しかし、トナカイは、小《ちい》さいゲルダのために、もう一《いち》度《ど》熱心《ねっしん》にたのみました。ゲルダも、目《め》に涙《なみだ》をいっぱいいためて、心《こころ》からお願《ねが》いするように、フィンランドの女《おんな》を見《み》つめました。女《おんな》は、また目《め》をパチパチやりはじめました。そして、トナカイをすみっこへ連《つ》れていって、そこであたらしい氷《こおり》を頭《あたま》の上《うえ》にのせてやりながら、こうささやきました。

「そのカイって子《こ》は、たしかに雪《ゆき》の女王《じょおう》のところにいるけどね、いまは、なにもかもが自分《じぶん》の思《おも》いどおりになっているものだから、世界《せかい》じゅうに、こんないいところはないと思《おも》っているんだよ。だけど、そんなふうに思《おも》っているのはね、ガラスのかけらが、カイの心臓《しんぞう》の中《なか》につきささって、小《ちい》さいガラスの粉《こな》が、目《め》の中《なか》へはいっているためなんだよ。まずさいしょに、それを取《と》り出《だ》さなければだめだね。さもないと、その子《こ》は、二度《にど》と、ちゃんとした人間《にんげん》にはなれないし、いつまでも雪《ゆき》の女王《じょおう》の言《い》うなりに、なっていなければならないんだよ！」

「それじゃ、そういうすべてのものに打《う》ち勝《か》つようなものを、ゲルダさんにやってはいただけませんか？」

「わたしにはね、ゲルダがいま持《も》っている力《ちから》よりも、大《おお》きな力《ちから》をやることはできないね！　いまのゲルダの力《ちから》がどんなに大《おお》きいか、おまえにはわからないの？　どんな人間《にんげん》でも、どんな動物《どうぶつ》でも、ゲルダを助《たす》けてやらないではいられないじゃないか。だからこそ、ああして、はだしのまま、こんな世界《せかい》の遠《とお》くまでも、こられたんじゃないか。それが、おまえにはわからないの？　あの子《こ》の力《ちから》は、わたしたちから教《おそ》わったりする必要《ひつよう》はないのさ。だって、あの子自身《こじしん》の、心《こころ》の中《なか》にあるんだから。つまり、ゲルダが清《きよ》らかで、罪《つみ》のない子供《こども》だからなんだよ。それこそ、大《おお》きな力《ちから》なのさ。もしゲルダが、自分《じぶん》で雪《ゆき》の女王《じょおう》のところへ行《い》って、カイのからだから、ガラスのかけらを取《と》り出《だ》すことができないようだったら、わたしたちではどうすることもできないね！

ここから二《に》マイルばかり行《い》くと、雪《ゆき》の女王《じょおう》の庭《にわ》になるから、そこまで、あの子《こ》を連《つ》れてってやりなさい。雪《ゆき》の中《なか》に、赤《あか》い実《み》のなっている、大《おお》きな茂《しげ》みがあるから、そのそばに、ゲルダをおろしてきなさい。だけど、いつまでもおしゃべりしてないで、いそいで帰《かえ》ってくるんだよ！」

こう言《い》って、フィンランドの女《おんな》は、小《ちい》さなゲルダをトナカイの上《うえ》に乗《の》せてくれました。トナカイは、力《ちから》のかぎり走《はし》っていきました。

「あっ、長靴《ながぐつ》を忘《わす》れちゃった！　手袋《てぶくろ》もだわ！」ゲルダは、はだをもつきさすような、寒《さむ》さに気《き》がついて、こうさけびました。しかし、トナカイは、立《た》ちどまってはくれません。どんどん走《はし》りつづけて、とうとう、赤《あか》い実《み》のなっている、大《おお》きな茂《しげ》みのところまで来《き》ました。そこで、トナカイは、ゲルダをおろして、ゲルダの口《くち》にキスをしました。そのとき、キラキラ光《ひか》る大《おお》つぶの涙《なみだ》が、トナカイの頬《ほお》を、はらはらとつたわり落《お》ちました。それから、トナカイは、いま来《き》た道《みち》を、大《おお》いそぎで引《ひ》きかえしていきました。こうして、かわいそうなゲルダは、靴《くつ》もなく、手袋《てぶくろ》もなく、見《み》わたすかぎり氷《こおり》の原《はら》の、寒《さむ》い寒《さむ》いフィンマルケンの、まっただなかに、取《と》りのこされたのです。

ゲルダは、前《まえ》へ前《まえ》へと、いっしょうけんめい、かけていきました。と、とつぜん、雪《ゆき》のひらの軍勢《ぐんぜい》が現《あら》われてきました。けれども、それは、空《そら》から降《ふ》ってきたのではありません。空《そら》は晴《は》れわたっていて、極光《オーロラ》がかがやいていました。雪《ゆき》のひらは、地面《じめん》の上《うえ》をまっすぐに走《はし》ってくるのです。しかも、近《ちか》づいてくればくるほど、ますます大《おお》きくなってくるのです。ゲルダは、いつかレンズで雪《ゆき》のひらを見《み》たとき、それがどんなに大《おお》きく、どんなに美《うつく》しく見《み》えたかを、いまでもはっきりとおぼえていました。でも、ここの雪《ゆき》のひらは、それとはまったくちがって、はるかに大《おお》きく、はるかにおそろしいものでした。ここの雪《ゆき》のひらは、生《い》きているのです。それは、雪《ゆき》の女王《じょおう》を守《まも》る前衛部隊《ぜんえいぶたい》です。しかも、まことにきみょうな形《かたち》をしているのです。あるものは、みにくい大《おお》きなヤマアラシのように見《み》えます。またあるものは、とぐろをまいて、かま首《くび》をもたげている、ヘビのように見《み》えます。またあるものは、毛《け》をさかだてている、ふとった、小《こ》グマのように見《み》えます。そのどれもこれもが、まっ白《しろ》に光《ひか》っています。どれもこれもが、生《い》きている雪《ゆき》のひらなのです。

そのとき、小《ちい》さなゲルダは、「主《しゅ》の祈《いの》り」をとなえました。寒《さむ》さがあんまりきびしいので、自分《じぶん》のはく息《いき》が、よく見《み》えます。煙《けむり》のように、口《くち》から出《で》ていきます。その息《いき》がだんだんこくなって、しまいには、小《ちい》さな明《あか》るい天《てん》使《し》の姿《すがた》になりました。天使《てんし》たちは、地面《じめん》にふれるたびに、ずんずん大《おお》きくなりました。見《み》れば、ひとりのこらず、頭《あたま》にはかぶとをかぶり、手《て》にはやりと、たてとを持《も》っています。天使《てんし》の数《かず》は、ますます多《おお》くなるばかりです。ゲルダが「主《しゅ》の祈《いの》り」をとなえおわったときには、ゲルダのまわりを、天使《てんし》の軍隊《ぐんたい》がとりまいていました。天使《てんし》たちは、やりをふるって、おそろしい雪《ゆき》のひらの軍勢《ぐんぜい》をつきさしましたので、雪《ゆき》のひらは、ちりぢりにとび散《ち》ってしまいました。

そこで、ゲルダは安心《あんしん》して、元気《げんき》よく歩《ある》いていきました。天使《てんし》たちがゲルダの手《て》や足《あし》をさすってくれましたから、いままでのような、ひどい寒《さむ》さは感《かん》じなくなりました。こうして、ゲルダは、雪《ゆき》の女王《じょおう》のお城《しろ》をさして、ずんずん歩《ある》いていきました。

ところで、カイは、その後《ご》、どうしていることでしょう？　ここで、ちょっと、カイのことをお話《はな》ししておきましょう。カイは、いまではゲルダのことなどは、すこしも考《かんが》えていませんでした。ましてや、いま、ゲルダがお城《しろ》の外《そと》にきていようなどとは、夢《ゆめ》にも知《し》りませんでした。

七番《ななばん》めのお話《はなし》
雪《ゆき》の女王《じょおう》のお城《しろ》で起《お》こったことと、それからのお話《はなし》

お城《しろ》のかべは、降《ふ》りしきる雪《ゆき》でできていて、窓《まど》や戸《と》は、身《み》を切《き》るような風《かぜ》でできていました。お城《しろ》には、大《おお》きな広間《ひろま》が百《ひゃく》いじょうもありましたが、それは、みんな雪《ゆき》が吹《ふ》きよせられて、できたものでした。いちばん大《おお》きな広間《ひろま》は、なんマイルもなんマイルもひろがっていまし

た。その上《うえ》を、光《ひかり》の強《つよ》い極光《オーロラ》が、明《あか》るく照《て》らしていました。見《み》わたすかぎり、なに一《ひと》つなく、はてしのないところでした。あたりいちめんの氷《こおり》がキラキラと光《ひか》って、それはそれは寒《さむ》いところでした。ここには、楽《たの》しさというものがありません。吹《ふ》きすさぶあらしの伴奏《ばんそう》にあわせて後足《あとあし》で踊《おど》り、ちゃんとした礼儀作法《れいぎさほう》を心得《こころえ》ている、北極《ほっきょく》グマの小《ちい》さな舞踏会《ぶとうかい》もありません。口や手足を打っての、小《ちい》さな宴会《えんかい》もありません。白《しろ》ギツネのお嬢《じょう》さんたちの、ちょっとしたコーヒーの会《かい》も、あるわけではありません。ほんとうに、雪《ゆき》の女王《じょおう》の広間《ひろま》は、がらんとして、だだっぴろい、寒々《さむざむ》としたところでした。極光《オーロラ》は、きちんきちんと燃《も》えあがっていましたので、それがいちばん高《たか》いのはいつかも、また、いちばん低《ひく》いのはいつかも、よくわかりました。

この、かぎりなく広々《ひろびろ》とした、雪《ゆき》の大広間《おおひろま》のまんなかに、こおった湖《みずうみ》が一《ひと》つありました。湖《みずうみ》の面《おもて》は、なん千万《ぜんまん》という、小《ち》さいかけらにわれていました。けれども、そのかけらの一《ひと》つ一《ひと》つが、まったく同《おな》じようでしたから、そのぜんたいが、一《ひと》つのすばらしい美術品《びじゅつひん》のように見《み》えました。雪《ゆき》の女王《じょおう》は、お城《しろ》にいるときは、いつも、この湖《みずうみ》のまんなかにすわっているのです。そして女王《じょおう》は、あたしは理知《りち》の鏡《かがみ》にすわっているのです、この鏡《かがみ》は世界《せかい》じゅうにたった一《ひと》つしかない、いちばんすぐれた鏡《かがみ》ですよ、と、言《い》っていました。

小《ちい》さなカイは、寒《さむ》さのために、まっさおになっていました。いやそれどころか、どす黒《ぐろ》くさえなっていました。でも、自分《じぶん》では、それがわからないのです。むりもありません。いまでは、雪《ゆき》の女王《じょおう》がキスをして、カイから寒《さむ》いという感《かん》じを、とってしまっていたのですからね。それに、カイの心臓《しんぞう》は、まるで氷《こおり》のかたまりのように、つめたかったのです。

カイは、とがった、ひらたい氷《こおり》のかけらを、いくつか引《ひ》きずってきて、それをいろいろに組《く》みあわせていました。こうして、なにかをつくり出《だ》そうというのです。ちょうど、わたしたちが、小《ちい》さい木切《きぎ》れを、さまざまな形《かたち》にならべてあそぶ、あの「中国遊《ちゅうごくあそ》び」というのに、似《に》ていました。カイは、いろいろの形《かたち》にならべてみました。それは、「知恵《ちえ》の遊《あそ》び」といって、いちばんくふうのいるものでした。カイの目《め》には、こういういろいろの形《かたち》が、とってもすばらしくて、しかもいちばん意味《いみ》があるように思《おも》われたのです。それもこれも、カイの目《め》の中《なか》にはいりこんでいる、ガラスのかけらのしわざなのです！　ぜんぶをちゃんとした形《かたち》にならべると、それは一《ひと》つの言葉《ことば》になるのです。ところが、カイがならべたいと思《おも》っている言葉《ことば》だけは、どうしてもうまくならびません。それは、永遠《えいえん》ということばです。そして、雪《ゆき》の女王《じょおう》は、前《まえ》から、こう言《い》っていました。

「おまえがね、その形《かたち》をつくりだすことができたら、おまえを自由《じゆう》にしてあげるよ。そのうえ、わたしは全世《ぜんせ》界《かい》とあたらしいスケート靴《ぐつ》とを、おまえにあげるよ」

しかし、カイには、それがどうしてもできないのです。

「わたしは、これから、暑《あつ》い国々《くにぐに》へ行《い》ってくるよ！」と、雪《ゆき》の女王《じょおう》は言《い》いました。「そこへ行《い》ったら、黒《くろ》い鉄《てつ》なべをのぞいてこよう」――黒《くろ》い鉄《てつ》なべと言《い》ったのは、エトナとかベスビオスとか言《い》われている、火《ひ》をふきだす山《やま》のことだったのです。――「わたしは、それをちょっと白《しろ》くぬってやるんだよ！　そうすると、レモンやブドウのために、とってもいいからね」

こう言《い》って、雪《ゆき》の女王《じょおう》はとんでいきました。こうして、カイは、たったひとりのこされて、何《なん》マイルも何《なん》マイルもある、広々《ひろびろ》とした、氷《こおり》の大広間《おおひろま》のまんなかにすわっていました。そして、氷《こおり》のかけらを見《み》つめて、じっと考《かんが》えこんでいました。しまいには、からだの中《なか》がミシミシいうほど、かたくこおりついてきました。それでも、じっとすわっていました。このようすを見《み》れば、だれでも、カイはこごえ死《し》んだのだろう、と思《おも》うことでしょう。

ゲルダが大《おお》きな門《もん》をくぐって、お城《しろ》の中《なか》へはいってきたのは、ちょうどこの時《とき》でした。お城《しろ》の中《なか》は、身《み》を切《き》るような風《かぜ》が吹《ふ》いていました。けれども、ゲルダが「夕《ゆう》べの祈《いの》り」をとなえると、吹《ふ》きまくっていた風《かぜ》も、まるで眠《ねむ》ろうとでもするように、みるみるうちに静《しず》まってしまいました。そこで、ゲルダは、寒々《さむざむ》とした、なに一《ひと》つない大広間《おおひろま》にはいりました。——と、そこに、カイの姿《すがた》が見《み》えました。ゲルダには、カイであることが、すぐわかりました。ゲルダは、カイの首《くび》にとびついて、しっかりとだきしめながら、さけびました。「カイちゃん！　なつかしいカイちゃん！　ああ、とうとう見《み》つけたわ！」

ところが、カイはつめたくなって、かたくなったまま、じっと動《うご》きません。―と見《み》ると、ゲルダは、熱《あつ》い涙《なみだ》をはらはらとこぼしました。その涙《なみだ》がカイの胸《むね》に落《お》ちて、心《しん》臓《ぞう》の中《なか》にしみこんでいきました。そして、氷《こおり》のかたまりをとかして、その中《なか》にあった、小《ちい》さな鏡《かがみ》のかけらを、くいつくしてしまいました。カイはゲルダをながめました。

そのとき、ゲルダは讃美歌《さんびか》をうたいました。

バラの花《はな》　かおる谷間《たにま》に
あおぎまつる　おさな子《ご》イエスきみ！

この歌《うた》を聞《き》くといっしょに、カイはわっと泣《な》き出《だ》しました。そして、あんまりはげしく泣《な》いたので、とうとう、鏡《かがみ》のかけらが、目《め》からころがりでました。とたんに、カイはゲルダに気《き》がついて、うれしそうな声《こえ》をあげました。

「ああ、ゲルダちゃん！　なつかしいゲルダちゃん！　――きみは長《なが》いあいだ、どこへ行《い》ってたの？　それで、ぼくはどこにいるんだろう？」こう言《い》いながら、あたりを見《み》まわしました。「ここは、なんて寒《さむ》いんだろう！　なんて広々《ひろびろ》として、がらんとしたところなんだろう！」

こう言《い》って、カイはゲルダにしがみつきました。ゲルダは、ただただうれしくて、泣《な》いたり、笑《わら》ったりしました。そのようすが、あんまりしあわせそうなものですから、氷《こおり》のかけらまでがうれしくなって、ぐるぐる踊《おど》りまわりました。やがて、踊《おど》りつかれて、横《よこ》になりました。ところが、どうでしょう。今度《こんど》は、あのことばのつづりどおりに、ならんだではありませんか。そら、雪《ゆき》の女王《じょおう》が、うまくできたら、自由《じゆう》にして、全世界《ぜんせかい》とあたらしいスケート靴《ぐつ》とをあげると言《い》った、あの言葉《ことば》があらわれているのです。

ゲルダは、カイの頬《ほお》にキスをしました。すると、その頬《ほお》に、赤《あか》みがさしてきました。目《め》にキスをしました。すると、ゲルダの目《め》のように、いきいきとしてきました。

手《て》と足《あし》にキスをしました。すると、カイはすっかり元気《げんき》になりました。もうこうなれば、雪《ゆき》の女王《じょおう》がいつ帰《かえ》ってきたって、だいじょうぶです。カイを自由《じゆう》にするという約束《やくそく》の文字《もじ》が、キラキラかがやく氷《こおり》のかけらで、いまは、はっきりと書《か》き表《あら》わされているのです。

それから、ふたりは手《て》を取《と》りあって、この大《おお》きな城《しろ》から出《で》ました。ふたりは、おばあさんのことや、屋根《やね》の上《うえ》のバラのことを話《はな》しました。こうして、ふたりが歩《ある》いていくと、風《かぜ》は静《しず》まり、お日《ひ》さまはキラキラと顔《かお》を出《だ》しました。

赤《あか》い実《み》のなっている、茂《しげ》みのところまでくると、もうそこには、トナカイがきていて、ふたりを待《ま》っていました。けれども、今度《こんど》は、もう一《いっ》ぴき、若《わか》いトナカイもいっしょにいました。見《み》ると、そのトナカイの乳房《ちぶさ》は、大《おお》きくふくらんでいて、ちょうどいま、子供《こども》たちに暖《あたた》かいお乳《ちち》を飲《の》ませて、その口《くち》にキスをしてやっていました。二《に》ひきのトナカイは、ゲルダとカイを乗《の》せて、まっさきにフィンランドの女《おんな》のところへ連《つ》れていきました。ここで、ふたりは、暖《あたた》かい部屋《へや》の中《なか》でからだを暖《あたた》めて、帰《かえ》り道《みち》のことを教《おそ》わりました。それから、ラップランドのおばあさんのところへ行《い》きました。おばあさんは、ふたりにあたらしい着物《きもの》をぬってくれたり、そりの用意《ようい》をしてくれたりしました。

二《に》ひきのトナカイは、そりとならんで走《はし》って、国《くに》ざかいのところまで送《おく》ってくれました。ここまでくると、はじめて、緑《みどり》の草《くさ》が大地《だいち》から顔《かお》をのぞかせていました。ここで、ふたりは、トナカイとラップランドのおばあさんに、お別《わか》れをしました。「さようなら！」と、みんなは、口々《くちぐち》に言《い》いました。

そのうちに、さいしょの小鳥《ことり》がさえずりはじめました。森《もり》には、緑《みどり》の芽《め》がもえでていました。そのとき、森《もり》の中《なか》から、ひとりの娘《むすめ》が、りっぱなウマにまたがって、出《で》てきました。そのウマには、ゲルダは見《み》おぼえがあります。―そうです、それは、金《きん》の馬車《ばしゃ》をひいていたウマです。―娘《むすめ》は、キラキラ光《ひか》る、赤《あか》い帽子《ぼうし》をかぶり、腰《こし》にピストルを二《に》ちょう、さしていました。それは、あの小《ちい》さな山賊《さんぞく》の娘《むすめ》でした。娘《むすめ》は、家《いえ》にいるのがたいくつになったので、まず北《きた》のほうへ行《い》ってみようと思《おも》って、やってきたところだったのです。そして、もしそこがおもしろくなければ、今度《こんど》は、べつの所《ところ》へ行《い》ってみようと思《おも》っていたのでした。娘《むすめ》には、ゲルダがすぐわかりました。ゲルダのほうでも、すぐわかりました。ふたりは、どんなによろこんだかしれません。

「おまえさんは、おもしろいひとだね。ずいぶんあっちこっち、ほっつき歩《ある》いたんだろう」と、娘《むすめ》は、カイにむかって言《い》いました。「おまえさんをさがしに、世界《せかい》のはてまで、行《い》くほどのねうちがあるのかねえ？」

けれども、ゲルダは、娘《むすめ》の頬《ほお》をなでながら、王子《おうじ》と王女《おう じょ》のことをたずねました。

「あの人《ひと》たちは、外国《がいこく》へ旅行《りょこう》に出《で》かけたよ」と、山賊《さんぞく》の娘《むすめ》は言《い》いました。

「じゃ、カラスは？」と、小《ちい》さなゲルダはききました。

「うん、あのカラスは死《し》んだよ」と、娘《むすめ》は答《こた》えました。「おかみさんのカラスは、後家《ごけ》さんになってね、黒《くろ》い毛糸《けいと》の切《き》れっぱしを足《あし》につけて歩《ある》いてるよ。とんでもなくなげき悲《かな》しんでるよ。なにもかも、ばかばかしいことばっかしさ！　―だけどおまえさんは、あれからどうしたんだい？　で、このひとを、どうやってつかまえたんだい？　それを話《はな》しておくれよ」

そこで、ゲルダとカイは、いままでのことを、ふたりで、のこらず話《はな》しました。

「なるほど、それで、ぺちゃくちゃ、ぺちゃくちゃ、ぺちゃっとね！」と、山賊《さんぞく》の娘《むすめ》は言《い》いました。それから、ふたりの手《て》をにぎって、いつかふたりの町《まち》を通《とお》ることがあったら、きっとたずねていくよ、と約束《やくそく》しました。そして、広《ひろ》い世《よ》の中《なか》へウマをとばしていきました。

カイとゲルダは、また手《て》を取《と》りあって、歩《ある》いていきました。ふたりが行《い》くにつれて、あたりは、花《はな》と緑《みどり》につつまれた、美《うつく》しい春《はる》になりました。やがて、教会《きょうかい》の鐘《かね》の音《おと》が聞《き》こえてきました。そして、見《み》おぼえのある、高《たか》い塔《とう》が見《み》え、大《おお》きな町《まち》が見《み》えてきました。それは、ふたりの住《す》んでいた町《まち》だったのです。

ふたりは、町《まち》の中《なか》へはいって、おばあさんの家《いえ》の戸口《とぐち》まで行《い》きました。そして、階段《かいだん》をのぼって、部屋《へや》の中《なか》にはいりました。部屋《へや》の中《なか》のようすは、なにもかもむかしのままです。時《と》計《けい》は、カチ、カチ、いっていました。時《と》計《けい》の針《はり》も、まわっていました。けれども、入《い》り口《ぐち》を通《とお》ったときに、ふたりは、いつのまにか、自分《じぶん》たちがおとなになっているのに、気《き》がつきました。屋根《やね》の雨《あま》どいの上《うえ》に咲《さ》いているバラの花《はな》が、開《ひら》かれた窓《まど》から、中《なか》をのぞいていました。そこに、小《ちい》さな子供椅子《こどもいす》が置《お》いてありました。カイとゲルダは、めいめいの椅子《いす》に腰《こし》をおろして、手《て》をにぎりあいました。ふたりは、雪《ゆき》の女王《じょおう》のお城《しろ》の、なに一《ひと》つない、寒々《さむざむ》とした美《うつく》しさを、おもくるしい夢《ゆめ》のように、忘《わす》れてしまいました。

おばあさんは、神《かみ》さまの明《あか》るいお日《ひ》さまの光《ひかり》をあびて、聖書《せいしょ》を読《よ》んでいました。「もし、なんじら、おさな子《ご》のごとくならずば、天国《てんごく》に入《い》ることを得《え》じ！」

カイとゲルダは、たがいに目《め》を見《み》あわせました。そのとき、きゅうに、あの古《ふる》い讃美歌《さんびか》の意味《いみ》が、よくわかってきました。

バラの花《はな》　かおる谷間《たにま》に、
あおぎまつる　おさな子《ご》イエスきみ！

こうして、このふたりは、おとなであって、しかも子《こ》供《ども》のふたりは、そうです、心《こころ》の子供《こども》たちは、そこにすわっていました。いまは夏《なつ》でした。暖《あたた》かい、めぐみゆたかな夏《なつ》でした。

【凡例】

・本編「雪の女王」は、青空文庫作成の文字データを使用した。

底本：「マッチ売りの少女（アンデルセン童話集Ⅲ）」新潮文庫、新潮社
　　1967（昭和42）年12月10日発行
　　1981（昭和56）年5月30日21刷
入力：チエコ
校正：木下聡
2020年11月27日作成

・文字遣いは、青空文庫のデータによる。
・この作品には、今日からみれば不適切と思われる表現が含まれているが、作品の描かれた時代と、作品本来の価値に鑑み、底本のままとした。
・ルビは、青空文庫のものに加えて、新字新仮名のルビを付し、総ルビとした。
・追加したルビには文字遣いの他、読み方など格段の基準は設けていない。

モミの木《き》

町《まち》はずれの森《もり》の中《なか》に、かわいいモミの木《き》が一本《いっぽん》、立《た》っていました。そこはとてもすてきな場所《ばしょ》で、お日《ひ》さまもよくあたり、空気《くうき》もじゅうぶんにありました。まわりには、もっと大《おお》きな仲間《なかま》の、モミの木《き》やマツの木《き》が、たくさん立《た》っていました。

けれども、小《ちい》さなモミの木《き》は、ただもう、大《おお》きくなりたい、大《おお》きくなりたいと思《おも》って、じりじりしていました。そんなわけで、暖《あたた》かなお日《ひ》さまのことや、すがすがしい空気《くうき》のことなんか、考《かんが》えてもみなかったのです。農家《のうか》の子供《こども》たちが、野《の》イチゴやキイチゴをつみにきて、そのへんを歩《ある》きまわっては、おしゃべりをしても、そんなことは気《き》にもとめませんでした。子供《こども》たちは、イチゴをかごにいっぱいつんだり、野《の》イチゴをわらにさしたりすると、よく、小《ちい》さなモミの木《き》のそばにすわって、言《い》いました。

「ねえ、なんてちっちゃくて、かわいいんだろう！」

ところが、モミの木《き》にしてみれば、そんなことは聞《き》きたくもなかったのです。

つぎの年《とし》になると、モミの木《き》は、長《なが》い芽《め》だけ、一《ひと》つ大《おお》きくなりました。またそのつぎの年《とし》になると、もっと長《なが》い芽《め》だけ、また一《ひと》つ大《おお》きくなりました。モミの木《き》からは、毎年毎年《まいとしまいとし》新《あたら》しい芽《め》がでて、のびていきますから、その節《ふし》の数《かず》をかぞえれば、その木《き》が幾《いく》つになったかわかるのです。

「ああ、ぼくも、ほかの木《き》とおんなじように、大《おお》きかったらなあ!」と、小《ちい》さなモミの木《き》はため息《いき》をつきました。

「そうだったら、ぼくは、枝《えだ》をうんとまわりにひろげて、てっぺんから広《ひろ》い世界《せかい》をながめることができるんだ!鳥《とり》も、ぼくの枝《えだ》のあいだに巣《す》をつくるだろうなあ!風《かぜ》が吹《ふ》いてくりゃ、ぼくだって、ほかの木《き》とおんなじように、じょうひんにうなずくこともできるんだがなあ!」

明《あか》るいお日《ひ》さまの光《ひかり》も、鳥《とり》も、頭《あたま》の上《うえ》を朝《あさ》に晩《ばん》に流《なが》れてゆく赤《あか》い雲《くも》も、モミの木《き》の心《こころ》を、すこしもよろこばせてはくれませんでした。

そのうちに、冬《ふゆ》になりました。あたりいちめんに、キラキラかがやくまっ白《しろ》な雪《ゆき》が降《ふ》りつもりました。すると、ウサギが何度《なんど》もとび出《だ》してきて、この小《ちい》さな木《き》の上《うえ》をとびこえて行《い》きました。――ああ、まったくいやになっちまう！――

でも、冬《ふゆ》が二度《にど》すぎて、三度《さんど》めの冬《ふゆ》になると、この木《き》もずいぶん大《おお》きくなりました。ですから、ウサギは、そのまわりを、まわって行《い》かなければならなくなりました。

ああ、大《おお》きくなる！　大《おお》きくなって、年《とし》をとるんだ！　世《よ》の中《なか》に、これほどすてきなことはありゃあしない、と、モミの木《き》は思《おも》いました。

秋《あき》には、いつもきこり・・・がやってきて、いちばん大《おお》きな木《き》を二《に》、三本《さんぼん》、切《き》り倒《たお》しました。これは、毎年毎年《まいとしまいとし》くり返《かえ》されることです。いまではすっかり大《おお》きくなった、この若《わか》いモミの木《き》は、それを見《み》ると、ぶるぶるっとふるえました。なにしろ、大《おお》きいりっぱな木《き》が、メリメリポキッと、恐《おそ》ろしい音《おと》をたてて、地《じ》べたにたおれるんですからね。それから、枝《えだ》が切《き》り落《お》とされると、まるはだかになってしまって、ひょろ長《なが》く見《み》えました。こうなれば、もうもとの形《かたち》なんか、ほとんどわからないくらいです。やがて、車《くるま》にのせられて、それから、ウマにひかれて、森《もり》の外《そと》へ運《はこ》ばれていってしまいました。いったい、どこへ行《い》くのでしょう？　そして、これからどうなるのでしょう？

春《はる》になって、ツバメやコウノトリが飛《と》んでくると、モミの木《き》はたずねてみました。「あの木《き》がみんな、どこへ連《つ》れていかれたか、あなたがた、知《し》りませんか？　途中《とちゅう》で会《あ》いませんでしたか？」

ツバメは、なにも知《し》りませんでした。しかし、コウノトリは、なにか考《かんが》えこんでいるようでした。そして、やがてうなずきながら、こう言《い》いました。「そうだ。きっと、こうだろうよ。ぼくがエジプトから飛《と》んできたとき、新《あたら》しい船《ふね》にたくさん出会《であ》ったんだよ。船《ふね》には、りっぱな帆柱《ほばしら》があったけど、きっと、それがそうだよ。モミのにおいもしていたしね。みんな、高《たか》く高《たか》くそびえていたよ！これが、きみに教《おし》えられることさ！」

「ああ、海《うみ》をこえていけるくらい、ぼくも大《おお》きかったらなあ！　その海《うみ》ってのは、いったいどんなものですか？　どんなものに似《に》ているんですか？」

「そいつを説明《せつめい》しだしたら、とっても長《なが》くなっちまうよ」コウノトリはこう言《い》うと、むこうへ行《い》ってしまいました。

「おまえの若《わか》さを楽《たの》しみなさい」と、お日《ひ》さまがキラキラかがやきながら言《い》いました。「おまえの若々《わかわか》しい成長《せいちょう》を、しあわせに思《おも》いなさい。おまえの中《なか》にある若《わか》い命《いのち》を楽《たの》しみなさい」

すると、風《かぜ》はモミの木《き》にキスをして、露《つゆ》はその上《うえ》に涙《なみだ》をこぼしました。けれども、モミの木《き》には、なんのことかさっぱりわかりませんでした。

クリスマスのころになると、ずいぶん若《わか》い木《き》が、幾本《いくほん》も切《き》りたおされました。その中《なか》には、ほんとに小《ちい》さな若《わか》い木《き》もあって、このモミの木《き》ほど大《おお》きくもなければ、年《とし》もそんなにちがわないものもありました。ところで、モミの木《き》は、ちっとも落着《おちつ》いてはいられません。やっぱり、どこかへ行《い》きたくて、行《い》きたくてならなかったのです。切《き》られた若《わか》い木々《きぎ》は、どれもこれも、よりによって、美《うつく》しい木《き》ばかりでした。そして、いつも枝《えだ》をつけられたまま、車《くるま》にのせられました。そして、馬《うま》にひかれて、森《もり》の外《そと》へ運《はこ》ばれていってしまうのです。

「みんなどこへ行《い》くんだろう?」と、モミの木《き》はたずねました。「ぼくより大《おお》きくもないのに、それに、ぼくよりずっと小《ちい》さいのだってあった。どうして、みんな枝《えだ》をつけたままなんだろう? どこへ行《い》くんだろう?」

「ぼくたちは知《し》ってるよ。ぼくたちは知《し》ってるよ」と、スズメたちがさえずりました。「ぼくたちはね、むこうの町《まち》で、窓《まど》からのぞいたんだよ。みんなどこへ連《つ》れていかれたか、ぼくたちは知《し》ってるよ！　とってもとってもりっぱに、きれいになっていたよ。ぼくたち、窓《まど》からのぞいてみたんだもの。あったかい部屋《へや》のまんなかに植《う》えられて、そりゃあ、きれいなものでかざられていてね、金色《きんいろ》にぬったリンゴや、ハチ蜜《みつ》のはいったお菓子《かし》や、おもちゃや、それから、何百《なんびゃく》っていうろうそくで、きれいにかざられていたよ！」

「で、それから――？」と、モミの木《き》は、枝《えだ》という枝《えだ》をふるわせて、聞《き》きました。「それから？　ねえ、それからどうなったの？」

「それから先《さき》は、ぼくたち見《み》なかったよ。だけど、くらべるものもないくらい、とってもすてきだったよ！」

「ぼくも、そういうすばらしい道《みち》を進《すす》んでいくようになるだろうか？」と、モミの木《き》は、うれしそうにさけびました。「海《うみ》の上《うえ》を行《い》くよりも、このほうがずっといい！ああ、たまらないや！　クリスマスだったらいいのになあ！　もうぼくだって、こんなに大《おお》きくなって、去年《きょねん》連《つ》れて行《い》かれた木《き》ぐらいになっているんだもの！──ああ、早《はや》く車《くるま》の上《うえ》にのりたいなあ！　あったかい部屋《へや》の中《なか》で、きれいに、りっぱになれたらなあ！　だけど、それから――？　うん、それからは、もっといいことが、もっときれいなものがくるんだ。そうでなきゃ、ぼくを、そんなにきれいにかざってなんかくれやしないだろう。そうだ、もっと大《おお》きなことが、もっとすばらしいことがくるにちがいない――！　だけど、何《なん》だろう？　ああ、苦《くる》しい！　とてもたまらない！　この気持《きもち》、自分《じぶん》でもよくわからないや」

「こうしてわたしがいるのを、よろこびなさい！」と、空気《くうき》とお日《ひ》さまが言《い》いました。「この広《ひろ》い広《ひろ》いところで、おまえの若《わか》さを楽《たの》しみなさい！」

しかし、モミの木《き》は、すこしもよろこびませんでした。でも、ずんずん大《おお》きくなっていきました。冬《ふゆ》も夏《なつ》も、みどりの色《いろ》をしていました。こいみどりの色《いろ》をして、立《た》っていたのです。人々《ひとびと》はモミの木《き》を見《み》ると、「こりゃあ、きれいな木《き》だ！」と、言《い》いました。

クリスマスのころになると、どの木《き》よりもまっさきに切《き》りたおされました。おのが、からだのしんまで、深《ふか》くくいいりました。モミの木《き》は、うめき声《ごえ》をあげて、地《じ》べたにたおれました。からだがいたくていたくて、気《き》が遠《とお》くなりそうでした。とても、しあわせなどとは思《おも》えません。かえって、生《う》まれ故郷《こきょう》をはなれ、大《おお》きくなったこの場《ば》所《しょ》からわかれてゆくのが、悲《かな》しくなりました。もうこれっきり、大好《だいす》きな、なつかしいお友《とも》だちゃ、まわりの小《ちい》さなやぶや、花《はな》にも会《あ》うことができないいんだ、それはかりか、きっともう鳥《とり》にも会《あ》えないんだろう、と、モミの木《き》は思《おも》いました。こうして、旅《たび》に出《で》かけるということは、楽《たの》しいものではありませんでした。

モミの木《き》は、どこかの中庭《なかにわ》について、ほかの木《き》といっしょに車《くるま》から下《お》ろされたとき、はじめて、われにかえりました。ちょうどそのとき、そばで人《ひと》の声《こえ》がしました。「これがりっぱだ！　ほかのは、いらないよ」

そこへ制服《せいふく》を着《き》た召使《めしつかい》が、ふたりやってきて、モミの木《き》を、大《おお》きな美《うつく》しい広間《ひろま》の中《なか》へ運《はこ》びこみました。まわりのかべには、肖像画《しょうぞうが》がかかっていました。タイル張《ば》りの、大《おお》きなストーブのそばには、ライオンのふたのついている、大《おお》きな中国《ちゅうごく》の花瓶《かびん》がありました。それから、ゆり椅子《いす》や、絹張《きぬば》りのソファや、大《おお》きなテーブルもありました。テーブルの上《うえ》には、絵本《えほん》やおもちゃがいっぱいありました。それは、百《ひゃく》ターレルの百倍《ひゃくばい》ぐらいもするものでした。──すくなくとも、子供《こども》たちは、そう言《い》っていました。

モミの木《き》は、砂《すな》のつまった、大《おお》きなたるの中《なか》に立《た》てられました。でも、それがたるであるとは、だれの目《め》にも見《み》えませんでした。というのは、そのたるのまわりには、みどり色《いろ》の布《ぬの》がかけられていましたし、おまけに、色《いろ》とりどりの、大《おお》きなじゅうたんの上《うえ》に置《お》かれていましたから。

ああ、モミの木《き》は、うれしくて、どんなにふるえたことでしょう！　それにしても、これから、いったい、どうなるのでしょう？

召使《めしつかい》とお嬢《じょう》さんがきて、モミの木《き》をきれいにかざってくれました。枝《えだ》の上《うえ》には、色紙《いろがみ》を切《き》りぬいてこしらえた、小《ちい》さな網《あみ》の袋《ふくろ》がかけられました。見《み》れば、どの袋《ふくろ》にも、あまいお菓子《かし》がつまっています。それから、金色《きんいろ》にぬったリンゴや、クルミがさげられましたが、それらは、まるで、そこになっているようでした。そして、赤《あか》や青《あお》や白《しろ》の小《ちい》さなろうそくが、百以上《ひゃくいじょう》も、枝《えだ》のあいだにしっかりとつけられました。ほんとの人間《にんげん》にそっくりのお人形《にんぎょう》が――モミの木《き》は、いままでに、こんなものを見《み》たことがありませんでした――みどりの枝《えだ》のあいだでゆれていました。木《き》のいちばんてっぺんには、金箔《きんぱく》をつけた、大《おお》きな星《ほし》が一《ひと》つ、かざられました。それはほんとうに美《うつく》しく、まったくくらべもののないくらいりっぱなものでした。

「今夜《こんや》ね」と、みんなは言《い》いました。「今夜《こんや》は、光《ひか》りかがやくよ!」

「ああ!」と、モミの木《き》は思《おも》いました。「早《はや》く、夜《よる》になればいいなあ！　早《はや》く、ろうそくに火《ひ》がつけばいいなあ！　でも、それから、どうなるんだろう？　森《もり》から、ほかの木《き》がここへやってきて、ぼくを見《み》てくれるだろうか？　スズメが、窓《まど》ガラスのところへとんでくるだろうか？　ぼくは、しっかりとここに生《は》えていて、冬《ふゆ》も夏《なつ》も、きれいにかざられているんだろうか？」

まったく、モミの木《き》が、こんなふうに思《おも》うのも、むりはありません。しかし、あんまりいろいろなことを、あこがれて考《かんが》えるものですから、木《き》の皮《かわ》が、ひどく痛《いた》みはじめました。木《き》の皮《かわ》が痛《いた》むというのは、わたしたち人間《にんげん》にとって頭《あたま》がずきずきするのと同《おな》じことです。木《き》にしてみれば、じつにつらいことなのです。

やがて、ろうそくに火《ひ》がともされました。なんというかがやきでしょう！　なんという美《うつく》しさでしょう！　モミの木《き》は、うれしくてうれしくて、枝《えだ》という枝《えだ》をふるわせました。すると、ろうそくの一本《いっぽん》にみどりの葉《は》がさわって、火《ひ》がついてしまいました。そのため、すっかりこげてしまいました。

「あら、たいへん！」と、お嬢《じょう》さんたちはさけんで、いそいで火《ひ》を消《け》しました。

モミの木《き》は、もう二度《にど》とからだをふるわせたりはしませんでした。ああ、まったくおそろしいことでした！

それに、自分《じぶん》のからだのおかざりが、なにかなくなりはしないかと、それはそれは心配《しんぱい》でした。そして、あたりがあんまり明《あか》るいので、すっかりぼんやりしてしまいました。——

と、そのとき、入《い》り口《ぐち》のドアが、さっと両側《りょうがわ》に開《ひら》かれました。それといっしょに、子供《こども》たちのむれが、モミの木《き》をひっくりかえそうとするような勢《いきお》いで、どっと、部《へ》屋《や》の中《なか》へとびこんできました。おとなたちは、そのあとからゆっくりとはいってきました。小《ちい》さな子供《こども》たちは、じっとだまりこんで、立《た》っていました。——しかし、それもほんのちょっとの間《あいだ》で、すぐまた、あたりに鳴《な》りひびくほど、うれしそうな声《こえ》を出《だ》して、はしゃぎました。そして、木《き》のまわりを踊《おど》りながら、贈《おく》り物《もの》を一《ひと》つ、また一《ひと》つと、つかみとりました。

「この子《こ》たちは、何《なに》をしようっていうんだろう?」と、モミの木《き》は考《かんが》えました。「どんなことが起《おこ》るんだろう?」やがて、ろうそくは小《ちい》さくなって、枝《えだ》のところまで燃《も》えてきました。こうして、だんだん小《ちい》さくなってくると、順々《じゅんじゅん》に火《ひ》が消《け》されました。それから、子供《こども》たちは、木《き》についているものを何《なん》でももぎ取《と》っていいという、おゆるしをもらいました。うわあ、子供《こども》たちは、モミの木《き》めがけて突進《とっしん》してくるではありませんか。さあ、たいへん。

どの枝《えだ》もどの枝《えだ》も、みしみしなります。もしも木《き》のてっぺんと金《きん》の星《ほし》とが、天井《てんじょう》にしっかりと結《むす》びつけられてなかったなら、モミの木《き》は、きっと、たおされてしまったことでしょう。

子供《こども》たちは、きれいなおもちゃを持《も》って、踊《おど》りまわりました。もうだれひとり、木《き》のほうなどを見《み》るものはありません。ただ、年《とし》とったばあやがきて、枝《えだ》のあいだをのぞきこんでいました。でもそれは、イチジクかリンゴの一《ひと》つぐらい、忘《わす》れて、のこっていやしないかと、ながめていたのです。

「お話《はなし》！　お話《はなし》！」と、子供《こども》たちは大声《おおごえ》に言《い》いながら、ふとった、小《こ》がらの人《ひと》を、モミの木《き》のほうへ引《ひ》っぱってきました。その人《ひと》は、木《き》のま下《した》に腰《こし》をおろして、「こりゃあ、緑《みどり》の森《もり》の中《なか》にいるようだね」と、言《い》いました。「これじゃ、この木《き》が、いちばんとくをするというものだ。だが、わたしは一《ひと》つしかお話《はなし》をしてあげないよ。おまえたちは、イヴェデ・アヴェデのお話《はなし》が聞《き》きたいかね？　それとも、階段《かいだん》からころがり落《お》ちたのに、王《おう》さまになって、お姫《ひめ》さまをもらった、クルンベ・ドゥンベのお話《はなし》が聞《き》きたいかね？」

「イヴェデ・アヴェデ！」と、さけぶ者《もの》もあれば、「クルンベ・ドゥンベ！」と、さけびたてる者《もの》もありました。

がやがやとさわぎたてて、いやもう、まったくたいへんでした。ただ、モミの木《き》だけは、だまりこんでいました。心《こころ》の中《なか》では、「ぼくは仲間《なかま》じゃないんだろうか？ 何《なに》かすることはないんだろうか？」と、考《かんが》えていました。もちろん、モミの木《き》は仲間《なかま》でした。しかも、自分《じぶん》のしなければならないことは、もう、すましてしまっていたのです。

ところで、あの小《こ》がらの人《ひと》は、階段《かいだん》からころがり落《お》ちたのに、王《おう》さまになって、お姫《ひめ》さまをもらった、クルンペ・ドゥンペのお話《はなし》をしました。すると、子供《こども》たちは、大《おお》よろこびで手《て》をたたいて、「もっと話《はな》して！ もっと話《はな》して！」と、さけびました。子供《こども》たちは、イヴェデ・アヴェデのお話《はなし》も聞《き》きたかったのです。でも、このときは、クルンベ・ドゥンベのお話《はなし》しか聞《き》かせてもらえませんでした。

モミの木《き》は、じっと黙《だま》りこんだまま、考《かんが》えていました。森《もり》の中《なか》の鳥《とり》たちは、いままで一度《いちど》だって、こんなお話《はなし》をしてくれたことはありません。「クルンベ・ドゥンベは、階段《かいだん》からころがり落《お》ちたのに、お姫《ひめ》さまをもらったんだ。うん、うん、世《よ》の中《なか》って、そういうものなんだ」と、モミの木《き》は考《かんが》えて、このお話《はなし》をした人《ひと》は、あんなにいい人《ひと》なんだから、きっと、これはほんとうのことなんだ、と思《おも》いこんでしまいました。「そうだ、そうだ。ぼくだって、もしかしたら、階段《かいだん》からころがり落《お》ちて、お姫《ひめ》さまをもらうようになるかもしれないんだ！」こうして、モミの木《き》は、つぎの日《ひ》も、ろうそくや、おもちゃや、金《きん》の紙《かみ》や、果物《くだもの》などで、かざってもらえるものと思《おも》って、楽《たの》しみにしていました。

「あしたは、ぼくはふるえないぞ！」と、モミの木《き》は心《こころ》に思《おも》いました。「ぼくがきれいになったところを見《み》て、うんと楽《たの》しもう。あしたもまた、クルンベ・ドゥンベのお話《はなし》を聞《き》くんだ。それから、イヴェデ・アヴェデのお話《はなし》も、きっと聞《き》けるだろう」こうして、モミの木《き》は、一晩《ひとばん》じゅう、じっと考《かんが》えこんで立《た》っていました。

あくる朝《あさ》になると、下男《げなん》と下女《げじょ》がはいってきました。「さあ、またかざりつけてくれるんだ！」と、モミの木《き》は思《おも》いました。ところが、みんなは、モミの木《き》を部屋《へや》の外《そと》へ引《ひ》っぱり出《だ》して、階段《かいだん》を上《あが》り、とうとう、屋根裏《やねうら》部屋《べや》に持《も》っていってしまいました。そして、お日《ひ》さまの光《ひかり》もさしてこない、うすぐらいすみっこに置《お》いていきました。「こりゃあ、いったい、どういうことなんだ？」と、モミの木《き》は考《かんが》えました。「いったい、こんなとこで、何《なに》をさせようっていうんだろう？　それに、こんなとこで、何《なに》が聞《き》かせてもらえるんだろう？」

こうして、モミの木《き》は、かべに寄《よ》りかかって立《た》ったまま、いつまでもいつまでも考《かんが》えつづけました。—時間《じかん》はいくらでもありました。だって、そうしたまま、幾日《いくにち》も幾晩《いくばん》もすぎていったのですもの。だれも、上《あが》ってきませんでした。しかし、とうとう、だれかが上《あが》ってきました。でも、それは、大《おお》きな箱《はこ》を二《ふた》つ三《みっ》つ、すみっこに置《お》くためだったのです。おかげで、モミの木《き》は、すっかりかくれてしまいました。このようすでは、モミの木《き》のことなんか、みんなは忘《わす》れてしまったのでしょう。

「外《そと》は、いま冬《ふゆ》なんだ」と、モミの木《き》は考《かんが》えました。「地面《じめん》はかたくて、雪《ゆき》がつもっているもんだから、ぼくを植《う》えることができないんだ。だから、春《はる》になるまで、ぼくをここへ置《お》いて、守《まも》っていてくれるんだ！　それにしても、なんて考《かんが》え深《ぶか》いんだろう！　なんて、みんな親《しん》切《せつ》なんだろう！──だけど、ここがこんなに暗《くら》くて、こんなにさびしくなけりゃいいんだけど。──なにしろ、小《こ》ウサギ一《いっ》ぴき、いないんだからなあ！──あの森《もり》の中《なか》は、楽《たの》しかったなあ！　雪《ゆき》がつもると、ウサギがとび出《だ》してきたっけ。うん、そう、そう、そしてぼくの頭《あたま》の上《うえ》を、とびこえていったっけ。でもあのときは、そんなことは、ちっともうれしくなかったんだ。そりゃあそうと、この屋根裏部屋《やねうらべや》はおっそろしいほどさびしいなあ！」

そのとき、小《ちい》さなハツカネズミが一《いっ》ぴき、チュウ、チュウ、鳴《な》きながら、ちょろちょろ出《で》てきました。そのあとから、小《ちい》さいのがまた一《いっ》ぴき、出《で》てきました。二《に》ひきのハツカネズミは、モミの木《き》のそばへよって、においをかいでいましたが、やがて枝《えだ》のあいだへはいりこみました。

「とっても寒《さむ》いわ！」と、小《ちい》さなハツカネズミたちは言《い》いました。「でも、ここは、ほんとにいいとこね。ねえ、お年《とし》よりのモミの木《き》さん！」

「ぼくは年《とし》よりじゃない！」と、モミの木《き》は言《い》いました。「ぼくなんかより、ずっと年《とし》とったのがたくさんいるんだよ」

「あなたは、どこからきたの？」と、ハツカネズミたちがたずねました。「あなたは、どんなことを知《し》っているの？」このハツカネズミたちは、ほんとに聞《き》きたがりやでした。「ねえ、世《よ》の中《なか》でいちばんきれいなところのお話《はなし》をしてちょうだい。あなた、そういうところへ行《い》ったことがあるの？ こんなすてきな食《た》べ物《もの》のあるお部屋《へや》へ行《い》ったことはない？ チーズがたなにあって、ハムが天井《てんじょう》からさがっていて、あぶらろうそくの上《うえ》で踊《おど》りがおどれて、おまけに、はいっていくときはやせていても、出《で》てくるときはふとっている、ねえ、こんなすてきなお部屋《へや》はない？」

「そんなとこは知《し》らないね」と、モミの木《き》は言《い》いました。「だけど、森《もり》は知《し》ってるよ。お日《ひ》さまがキラキラかがやいて、鳥《とり》が歌《うた》をうたっている森《もり》のことならね」そして、小《ちい》さい時《とき》のことを、のこらず話《はな》してきかせました。小《ちい》さなハツカネズミたちは、いままでにそんな話《はなし》を聞《き》いたことがなかったので、夢中《むちゅう》になって聞《き》いていました。そして、「まあ、あなたは、ずいぶんいろんなことをごらんになったのね！　あなたは、なんてしあわせなんでしょう！」と、言《い》いました。

「ぼくが？」と、モミの木《き》は言《い》って、自分《じぶん》の話《はな》したことを考《かんが》えてみました。「そうだ。あのころが、まったくのところ、ほんとに楽《たの》しい時《とき》だったんだ！」—それから、お菓子《かし》やろうそくでかざってもらった、クリスマス前夜《ぜんや》のことを話《はな》しました。

「まあ！」と、小《ちい》さなハツカネズミたちは言《い》いました。

「あなたは、なんてしあわせなんでしょう、お年《とし》よりのモミの木《き》さん！」

「ぼくは、年《とし》よりじゃないったら！」と、モミの木《き》は言《い》いました。「やっとこの冬《ふゆ》、森《もり》から来《き》たばっかりなんだよ。ぼくは、いま、いちばん元気《げんき》のいい年《とし》ごろなのさ。ただ、すこし大《おお》きくなりすぎたけどね」

「ほんとに、お話《はなし》がお上手《じょうず》だこと！」と、ハツカネズミたちは言《い》いました。つぎの晩《ばん》には、ハツカネズミたちは、ほかに四《よん》ひきの仲間《なかま》を連《つ》れて、モミの木《き》の話《はなし》を聞《き》きにやってきました。モミの木《き》は話《はなし》をすればするほど、だんだん、なにもかも、はっきりと思《おも》い出《だ》してくるのでした。そして、心《こころ》の中《なか》でこう思《おも》いました。「それにしても、あのころは、まったく楽《たの》しい時《とき》だった。だけど、ああいう時《とき》が、また来《く》るかもしれない。また来《く》るかもしれないんだ！　クルンベ・ドゥンべは、階段《かいだん》からころがり落《お》ちたって、お姫《ひめ》さまをもらったじゃないか。ぼくだって、もしかしたら、お姫《ひめ》さまをもらえるかもしれないんだ」

そうして、モミの木《き》は、あの森《もり》の中《なか》に生《は》えていた、小《ちい》さな、かわいらしいシラカバの木《き》を思《おも》い出《だ》すのでした。モミの木《き》にとっては、そのシラカバの木《き》は、ほんとうに美《うつく》しいお姫《ひめ》さまのようだったのです。

「クルンベ・ドゥンベっていうのは、だれ？」と、小《ちい》さなハツカネズミたちがたずねました。そこで、モミの木《き》は、その話《はなし》をすっかり聞《き》かせてやりました。モミの木《き》は、一《ひと》つ一《ひと》つの言葉《ことば》まで思《おも》い出《だ》すことができたのです。それを聞《き》くと、小《ちい》さなハツカネズミたちは、うれしくてたまらなくなって、もうすこしで、モミの木《き》のてっぺんまでとび上《あ》がるところでした。

そのつぎの晩《ばん》になると、もっともっとたくさんのハツカネズミたちがきました。そして日曜日《にちようび》には、二《に》ひきのドブネズミまでもやってきました。ところが、そんな話《はなし》はおもしろくなんかありゃしない、と、ドブネズミたちは言《い》うのです。そうすると、小《ちい》さなハツカネズミたちも悲《かな》しくなりました。もう、前《まえ》のようにおもしろいとは、思《おも》われなくなったのです。

「おまえさんは、その話《はなし》がたった一《ひと》つしかできないのかね？」と、ドブネズミたちがたずねました。

「これ一《ひと》つだけ！」と、モミの木《き》は答《こた》えました。「その話《はなし》は、ぼくがいちばんしあわせだった晩《ばん》に聞《き》いたんだよ。でもそのころは、ぼくがどんなにしあわせかってことを、思《おも》ってもみなかったんだ」

「じつにばかばかしい話《はなし》だ！　おまえさんは、ベーコンとか、あぶらろうそくとかいうようなものの話《はなし》は、なんにも知《し》らないのかね？　食物部屋《しょくもつべや》の話《はなし》なんかも知《し》らないのかい？」

「知《し》らない」と、モミの木《き》は言《い》いました。

「ふん、じゃあ、ごめんよ」ドブネズミたちは、こう言《い》うと、さっさと、自分《じぶん》たちの仲間《なかま》のところへ帰《かえ》ってしまいました。

そのうちに、小《ちい》さなハツカネズミたちも、行《い》ってしまったまま、とうとう、こなくなってしまいました。モミの木《き》はため息《いき》をついて、言《い》いました。

「あのすばしっこい小《ちい》さなハツカネズミたちが、ぼくのまわりにすわって、ぼくの話《はなし》を聞《き》いてくれたときは、ほんとに楽《たの》しかったなあ！　でも、それも、もうおしまいさ。――だけど、今度《こんど》、ここから連《つ》れていってもらったら、忘《わす》れないで、楽《たの》しくなるようにしよう」

しかし、いつ、そうなったでしょうか？――そうです。ある朝《あさ》のことでした。人々《ひとびと》が上《あが》ってきて、屋根裏部屋《やねうらべや》の中《なか》をかきまわしはじめました。とうとう箱《はこ》が動《うご》かされて、モミの木《き》が引《ひ》っぱり出《だ》されました。モミの木《き》は、ちょっと荒《あら》っぽく床《ゆか》に投《な》げだされましたが、すぐに下男《げなん》が、お日《ひ》さまの照《て》っている、階段《かいだん》の方《ほう》へ引《ひ》きずっていきました。

「さあ、またぼくの人生《じんせい》がはじまるんだ！」と、モミの木《き》は思《おも》いました。モミの木《き》は、すがすがしい空気《くうき》と、お日《ひ》さまの光《ひかり》をからだに感《かん》じました。――このときは、もう、おもての中庭《なかにわ》にいたのです。なにもかも、すっかり変《かわ》っていました。モミの木《き》は、自分自身《じぶんじしん》をながめることを、まるで忘《わす》れてしまって、思《おも》わず、まわりのいろいろなものに見《み》とれてしまいました。

この中庭《なかにわ》は花園《はなぞの》のとなりにありましたが、見《み》れば花園《はなぞの》では、いろいろな花《はな》が今《いま》をさかりと、咲《さ》きみだれていました。バラの花《はな》は低《ひく》い垣《かき》の上《うえ》にたれ下《さ》がって、すがすがしい、よいにおいを放《はな》っていました。ボダイジュの花《はな》も、いま、まっさかりでした。ツバメがあたりを飛《と》びまわって、「ピイチク！　ピイチク！　あたしの夫《おっと》がきましたわ！」と、うたっていました。けれども、それは、モミの木《き》のことではありませんでした。

「さあ、これから生《い》きるんだ！」と、モミの木《き》は、うれしそうに大《おお》きな声《こえ》を出《だ》しました。そして、枝《えだ》をうんとひろげてみました。ところが、なんということでしょう。枝《えだ》はみんな、かれてしまって、黄色《きいろ》くなっているのです。モミの木《き》は、雑草《ざっそう》やイラクサの生《は》えている、すみっこのほうに横《よこ》になっていました。金《きん》の紙《かみ》でつくった星《ほし》が、まだてっぺんについていて、明《あか》るいお日《ひ》さまの光《ひかり》を受《う》けて、キラキラかがやいていました。

中庭《なかにわ》では、元気《げんき》そうな子供《こども》たちが二《に》、三人《さんにん》、あそんでいました。それは、クリスマスのときに、モミの木《き》のまわりを踊《おど》って、あんなによろこんでいた、子供《こども》たちだったのです。その中《なか》のいちばん小《ちい》さな子《こ》が走《はし》ってきて、金《きん》の星《ほし》をむしり取《と》ってしまいました。

「ねえ、こんなきたない、古《ふる》ぼけたクリスマスツリーに、まだこんなものがついてたよ！」こう言《い》いながら、その子《こ》は、枝《えだ》をふみつけました。靴《くつ》の下《した》で、枝《えだ》がポキポキ鳴《な》りました。

モミの木《き》は、花園《はなぞの》に咲《さ》きみだれている美《うつく》しい花《はな》、いきいきとした花《はな》をながめました。それから、自分自身《じぶんじしん》の姿《すがた》を振《ふ》りかえってみて、いっそのこと、あの屋根裏部屋《やねうらべや》の、うす暗《ぐら》いすみっこにいたほうがましだった、と思《おも》いました。そして、森《もり》の中《なか》ですごした若《わか》かったころのこと、楽《たの》しかったクリスマス前夜《ぜんや》のこと、クルンペ・ドゥンペのお話《はなし》を、あんなによろこんで聞《き》いていた、小《ちい》さなハツカネズミたちのことなどを、つぎつぎに思《おも》い出《だ》すのでした。

「おしまいだ、おしまいだ！」と、かわいそうなモミの木《き》は、言《い》いました。「楽《たの》しめるときに、楽《たの》しんでおけばよかったなあ！　おしまいだ、おしまいだ！」

そのとき、下男《げなん》がやってきて、モミの木《き》を、小《ち》さく切《き》りわってしまいました。こうして、まきのたばができあがりました。やがて、モミの木《き》は、お酒《さけ》をつくる大《おお》きなおかまの下《した》で、まっかに燃《も》え上《あ》がりました。モミの木《き》は、深《ふか》く深《ふか》くため息《いき》をつきました。そして、ため息《いき》をつくたびに、なにか、パン、パン、と、小《ちい》さくはじけるような音《おと》がしました。それを聞《き》きつけると、あそんでいた子供《こども》たちがかけこんできて、火《ひ》の前《まえ》にすわりました。そして、中《なか》をのぞいて、「ピッフ！　パッフ！」と、大声《おおごえ》にさけびました。

モミの木《き》は、深《ふか》いため息《いき》をついてパチパチ音《おと》をたてるたびに、森《もり》の中《なか》の夏《なつ》の日《ひ》のことや、キラキラとお星《ほし》さまのかがやく冬《ふゆ》の夜《よる》のことを、思《おも》い出《だ》すのでした。それから、クリスマス前夜《ぜんや》のことを、また人《ひと》から聞《き》かせてもらって、自分《じぶん》も話《はな》すことのできた、たった一《ひと》つのお話《はなし》、クルンベ・ドゥンベのことを、思《おも》い浮《う》かべるのでした。――こうしているうちに、とうとう、モミの木《き》は、燃《も》えきってしまいました。

それからまた、男《おとこ》の子《こ》たちは、中庭《なかにわ》であそびました。見《み》ると、いちばん小《ちい》さな男《おとこ》の子《こ》は、胸《むね》に金《きん》の星《ほし》をつけていました。それは、モミの木《き》がいちばんしあわせだった晩《ばん》に、つけてもらったものです。でも、今《いま》は、それもおしまいです。そして、モミの木《き》も、おしまいになりました。それから、このお話《はなし》もおしまいです。みんなおしまい、おしまい。お話《はなし》というものは、みんな、こんなふうにおしまいになるものですよ。

【凡例】

・本編「モミの木」は、青空文庫作成の文字データを使用した。
底本：「人魚の姫　アンデルセン童話集Ⅰ」新潮文庫、新潮社
　１９６７（昭和42）年12月10日発行
　１９８９（平成元）年11月15日34刷改版
　２０１１（平成23）年９月５日48刷
入力：チエコ
校正：木下聡
２０１９年11月24日作成
・文字遣いは、青空文庫のデータによる。
・この作品には、今日からみれば不適切と思われる表現が含まれているが、作品の描かれた時代と、作品本来の価値に鑑み、底本のままとした。
・ルビは、青空文庫のものに加えて、新字新仮名のルビを付し、総ルビとした。
・追加したルビには文字遣いの他、読み方など格段の基準は設けていない。

雪《ゆき》だるま

「ぼくのからだの中《なか》で、ミシミシ音《おと》がするぞ。まったく、すばらしく寒《さむ》いや！」と、雪《ゆき》だるまが言《い》いました。「風《かぜ》がピューピュー吹《ふ》きつけて、まるで命《いのち》を吹《ふ》きこんでくれようとしているようだ。だが、あの光《ひか》ってるやつは、いったい、どこへ行《い》くんだろう？　あんなにギラギラにらんでいるぞ！」雪《ゆき》だるまが、そう言《い》っているのは、お日《ひ》さまのことでした。お日《ひ》さまは、いまちょうど、しずもうとするところだったのです。「あんなやつが、いくらまばたきさせようったってまばたきなんかするもんか。まだまだこのかけらが、しっかりと目《め》にくっついているんだからな」

雪《ゆき》だるまの目《め》になっているのは、大《おお》きな三角《さんかく》の形《かたち》をした、二枚《にまい》の屋根《やね》がわらのかけらだったのです。口《くち》は、古《ふる》い、こわれた草《くさ》かきでできていました。ですから、雪《ゆき》だるまには、歯《は》もあったわけです。

この雪《ゆき》だるまは、男《おとこ》の子《こ》たちが、うれしそうに、ばんざい、とさけんだのといっしょに、生《うま》れてきたのでした。

そしてそのとき、そりの鈴《すず》の音《おと》や、むちの音《おと》が、ちょうど挨拶《あいさつ》でもするように、雪《ゆき》だるまをむかえてくれました。

お日《ひ》さまがしずみました。すると、青《あお》い空《そら》に、まんまるい大《おお》きなお月《つき》さまが、明《あか》るく、美《うつく》しくのぼりました。

「今度《こんど》はまた、あんなちがったほうから出《で》てきたぞ」と、雪《ゆき》だるまが言《い》いました。雪《ゆき》だるまは、また出《で》てきたのが、お日《ひ》さまだと思《おも》ったのでした。「でも、いいや。あいつが、ぼくをギラギラにらむのだけは、やめさしてやったぞ。ああして、あんな高《たか》いとこにぶらさがって、光《ひか》ってるんなら光《ひか》っているがいい。おかげで、ぼくは、自分《じぶん》のからだがよく見《み》えるというもんだ。

さてと、どうしたら、からだを動《うご》かすことができるんだろうなあ。それさえわかったらなあ！　ああ、なんとかして動《うご》いてみたい！　もし動《うご》くことができたら、ぼくもあの男《おとこ》の子《こ》たちのやってたみたいに、氷《こおり》の上《うえ》をすべって行《い》くんだけどなあ！　だけど、どうして走《はし》ったらいいのか、わかりゃしないや」

「ワン！　ワン！」そのとき、くさりにつながれている、年《とし》とったイヌが、ほえました。このイヌは、いくらか声《こえ》がしゃがれていました。もっとも、まだ部屋《へや》の中《なか》に飼《か》われて、ストーブの下《した》に寝《ね》ころんでいたときから、そんなふうにしゃがれ声《ごえ》だったのです。「どうしたら走《はし》れるか、今《いま》に、お日《ひ》さまが教《おし》えてくれるよ。わしはな、去年《きょねん》、おまえの先祖《せんぞ》が教《おそ》わってたのを見《み》たんだし、それから、そのまた前《まえ》の先祖《せんぞ》も、やっぱり、同《おな》じように教《おそ》わってたのを見《み》たんだよ。ワン！　ワン！　そうして、みんな行《い》っちゃったのさ」

「きみの言《い》うことは、ぼくにはちっともわからないよ」と、雪《ゆき》だるまが言《い》いました。「じゃあ、あんな上《うえ》のほうにいるものが、ぼくに走《はし》り方《かた》を教《おし》えてくれるのかい？」

雪《ゆき》だるまが、そう言《い》っているのは、お月《つき》さまのことだったのです。「ほんとうにね、さっき、ぼくがじっと見《み》ていたときは、あいつ、どんどん走《はし》っていたよ。だけど、今度《こんど》はね、またべつのほうから、そっと出《で》てきたんだよ」

「おまえは、なんにも知《し》らないんだね」と、くさりにつながれているイヌが言《い》いました。「それもそうだな。おまえは、ついさっき、作《つく》ってもらったばっかりなんだからな。おまえが、いま見《み》ているのは、お月《つき》さまというものだよ。さっき見《み》えなくなったのが、お日《ひ》さまさ。お日《ひ》さまは、朝《あさ》になると、また出《で》てきて、堀《ほり》の中《なか》へすべりこむやり方《かた》を、きっと、おまえに教《おし》えてくれるよ。おや、もうすぐ、天気《てんき》がかわるぞ。わしは、左《ひだり》の後足《あとあし》でそれがわかるんだ。そこんとこが、ずきずきするもんだからね。きっと、天気《てんき》ぐあいがかわるよ」

「あのイヌの言《い》うことは、ちっともわからない」と、雪《ゆき》だるまは言《い》いました。「だけど、なんだか、ぼくによくないことを言《い》ってることだけは、わかる。さっき、ぼくをギラギラにらみつけて、しずんでいったのは、たしかお日《ひ》さまと言《い》ってたが、あれも、ぼくの友《とも》だちなんかじゃないようだ。どうも、そんな気《き》がする」

「ワン！　ワン！」くさりにつながれているイヌが、ほえました。それから、三《さん》べんまわって、自分《じぶん》の小屋《こや》にはいって、眠《ねむ》ってしまいました。

やがて、天気《てんき》ぐあいが、ほんとうにかわってきました。明《あ》け方《がた》になると、こい、しめっぽい霧《きり》が、あたりいちめんに、おおいかかりました。お日《ひ》さまののぼるすこし前《まえ》に、風《かぜ》が吹《ふ》きはじめました。風《かぜ》は氷《こおり》のようにつめたくて、まるで、骨《ほね》のずい・・までしみとおるようでした。

ところが、お日《ひ》さまがのぼると、なんというすばらしい景色《けしき》があらわれたことでしょう！　木《き》という木《き》、やぶというやぶが、みんな霜《しも》でおおわれて、まるで、まっ白《しろ》なサンゴの林《はやし》のように見《み》えました。どの枝《えだ》にも、キラキラかがやくまっ白《しろ》な花《はな》が、咲《さ》いているのではないかと思《おも》われました。数《かず》かぎりない、細《ほそ》い、小《ちい》さな枝《えだ》は、夏《なつ》にはたくさんの葉《は》が茂《しげ》っていたために見《み》えなかったのですが、いまは一《ひと》つ一《ひと》つが、はっきりとあらわれているのでした。そのありさまは、まるで、キラキラ光《ひか》る白《しろ》いレースもようのようでした。まっ白《しろ》な光《ひかり》が、一《ひと》つ一《ひと》つの枝《えだ》から流《なが》れ出《で》ているようでした。シラカバは、ゆらゆらと風《かぜ》にゆれていました。それは、夏《なつ》のころ、ほかの木《き》がいきいきとしているように、いま、いきいきとしていました。ほんとうに、なんて美《うつく》しいのでしょう！　とても、ほかのどんなものにもくらべることができません。

やがて、お日《ひ》さまが、かがやきはじめました。すると、あたりいちめんは、まるでダイヤモンドの粉《こな》をふりまかれたように、美《うつく》しくきらめきました。地面《じめん》に降《ふ》りつもった雪《ゆき》の上《うえ》には、大《おお》きなダイヤモンドが、キラキラとかがやいているのでした。でなければ、白《しろ》い白《しろ》い雪《ゆき》よりも、もっとまっ白《しろ》な、数知《かずし》れない小《ちい》さな光《ひかり》が燃《も》えているのだと、思《おも》うこともできたでしょう。

「まあ、なんてきれいなんでしょう！」若《わか》い男《おとこ》といっしょに庭《にわ》へ出《で》てきた、ひとりの若《わか》い娘《むすめ》が、雪《ゆき》だるまのすぐそばに立《た》ちどまって、キラキラ光《ひか》る木々《きぎ》のほうをながめながら、そう言《い》いました。「夏《なつ》には、こんな美《うつく》しい景《け》色《しき》はとても見《み》られないわ！」と、娘《むすめ》は、目《め》をかがやかせて、言《い》いました。

「それから、ここにいるこんなやつだって、夏《なつ》にはとても見《み》られないね」と、若《わか》い男《おとこ》は言《い》って、雪《ゆき》だるまを指《ゆび》さしました。「うまくできているじゃないの」

娘《むすめ》はほほえんで、雪《ゆき》だるまのほうにむかって、うなずいてみせました。それから、友《とも》だちといっしょに、雪《ゆき》の上《うえ》を踊《おど》るようにして、むこうへ行《い》ってしまいました。すると、まるで澱粉《でんぷん》の上《うえ》でも歩《ある》いているように、足《あし》の下《した》で、雪《ゆき》がギシギシ鳴《な》りました。

「あのふたりは、だれなの？」と、雪《ゆき》だるまは、くさりにつながれているイヌに、たずねました。「きみは、このお屋敷《やしき》では、ぼくより古《ふる》いんだから、あの人《ひと》たちを知《し》ってるだろう？」

「もちろん、知《し》ってるさ」と、くさりにつながれているイヌが言《い》いました。「あの娘《むすめ》さんは、わしをなでてくださるし、男《おとこ》のひとは骨《ほね》をくださるんだよ。だから、あのふたりには、かみつかないことにしているのさ」

「だけど、あのふたりは、どういう人《ひと》たちなんだい？」

と、雪《ゆき》だるまはたずねました。

「いいい……いいなずけさ！」と、くさりにつながれているイヌが、言《い》いました。「これから、イヌ小屋《ごや》へ行《い》って、いっしょに骨《ほね》をかじろうってのさ。ワン！　ワン！」

「あのふたりも、やっぱり、きみとぼくのようなものかい？」と、雪《ゆき》だるまはたずねました。

「ご主人《しゅじん》の家《いえ》のかたにきまってるじゃないか！」と、くさりにつながれているイヌが、言《い》いました。「じっさい、きのう生《う》まれてきたばかりのものは、なんにも知《し》らんものさ。おまえを見《み》りゃあ、すぐわかるよ。わしは年《とし》をとっているし、いろいろなことを知《し》っている。このお屋《や》敷《しき》の人《ひと》だって、みんな知《し》ってるんだ。それに、今《いま》でこそ、こうやって寒《さむ》いとこに、くさりでつながれているんだが、そんなことのなかった時《とき》のことだって、知《し》ってるんだ。

ワン！　ワン！」

「寒《さむ》いのは、すてきじゃないか！」と、雪《ゆき》だるまは言《い》いました。「話《はな》してくれよ、話《はな》してくれよ。だけど、そんなに、くさりをガチャガチャさせないでくれたまえ。からだの中《なか》まで、びんびんひびいてくるからね」

「ワン！　ワン！」と、くさりにつながれているイヌが、ほえました。「まだそのころは、わしも小《こ》イヌだった。ちっちゃくて、かわいかったそうだ。そのころは、お屋敷《やしき》の中《なか》で、ビロードを張《は》った椅子《いす》の上《うえ》に寝《ね》かしてもらったり、ご主人《しゅじん》のひざの上《うえ》に抱《だ》いてもらったりしたものだよ。それればかりじゃない。口《くち》にキスをしていただいたり、ししゅうをしたハンカチで、足《あし》をふいていただいたりしたものさ。みんなはわしのことを、『きれいな子《こ》』だとか『かわいい、かわいい子《こ》』なんて、呼《よ》んでくれたんだ。

ところが、そのうちに、わしがあんまり大《おお》きくなりすぎたものだから、女中頭《がしら》のところへやられてしまったんだ。それから、地下室《ちかしつ》で暮《くら》すようになったのさ。そら、おまえの立《た》ってるところから、その中《なか》が見《み》えるだろう。わしがご主人《しゅじん》だった、その部屋《へや》がさ。そこでは、わしがご主人《しゅじん》だったんだ。上《うえ》にいた時《とき》より、部屋《へや》は小《ちい》さかったけれど、かえって住《す》みごこちはよかったよ。上《うえ》にいた時《とき》のように、子供《こども》たちにこづきまわされたり、引《ひ》っぱりまわされたりしないですんだんだからね。それに、食《た》べ物《もの》だって、前《まえ》と同《おな》じように、いいものがもらえたんだ。いや、かえって、前《まえ》よりいいくらいだった。

それから、ふとんも、自分《じぶん》のがちゃんとあったし、おまけに、ストーブもあったんだ。このストーブってのは、ことに、いまみたいに寒《さむ》いときは、世《よ》の中《なか》でいちばんす

てきなものだからなあ！　わしがそのストーブの下《した》には
いこむと、すっかりからだがかくれてしまうんだ。ああ、
いまでもわしは、そのストーブの夢《ゆめ》を見《み》るのさ。ワン！
ワン！」
「ストーブって、そんなにきれいかい？」と、雪《ゆき》だる
まがたずねました。「じゃあ、ぼくみたいかい？」
「おまえとは、まるで反対《はんたい》さ！　それは、炭《すみ》のように
まっ黒《くろ》で、長《なが》い首《くび》と、しんちゅうの胴《どう》を持《も》っているんだ！
まきを食《た》べるもんだから、口《くち》から火《ひ》をはきだしているの
さ。わしらは、そのそばにいなければいけないんだが、
その上《うえ》か、下《した》にいてもいいんだ。そうすると、なんとも

言《い》えないほど、いい気持《きもち》なんだ！　おまえの立《た》ってるところから、窓《まど》ごしに見《み》えるだろう」

そう言《い》われて、雪《ゆき》だるまがのぞいてみると、そこには、ほんとうにしんちゅうの胴《どう》を持《も》った、ピカピカにみがきあげられた、まっ黒《くろ》なものが立《た》っていました。そして、赤《あか》いほのおが、下《した》のほうからかがやいていました。それを見《み》ているうちに、雪《ゆき》だるまは、まったくへんな気持《きもち》になりました。自分《じぶん》でも、さっぱり、わけがわかりません。なにか、雪《ゆき》だるまの知《し》らないものがやってきたのです。しかし、雪《ゆき》だるまでないほかの人《ひと》たちには、それがなんだかわかっているのです。

「じゃあ、どうしてきみは、あの女《おんな》のひとのそばから出《で》て来《き》てしまったんだい？」と、雪《ゆき》だるまは言《い》いました。雪《ゆき》だるまは、ストーブが女《おんな》のひとにちがいない、と感《かん》じたのです。「どうして、そんなにいいところから来《き》たんだね？」

「そうさせられてしまったのさ」と、くさりにつながれているイヌが、言《い》いました。「わしは、外《そと》へ追《お》い出《だ》されて、こんなところにくさりでつながれてしまったんだよ。いちばん下《した》の坊《ぼっ》ちゃんが、わしのしゃぶってた骨《ほね》をけとばしたもんだから、それで、その足《あし》にかみついてやったんだ。骨《ほね》には骨《ほね》で返《かえ》せ、と、わしは思《おも》ったのさ！　ところが、それを、みんなにわるくとられてしまって、その時《とき》から、こうして、ここで、くさりにつながれているんだ。わしのいい声《こえ》も、ひどくなってしまった。どうだい、ずいぶんしゃがれた声《こえ》だろう。ワン！　ワン！　これでおしまいだよ」

雪《ゆき》だるまは、もう、イヌの言《い》うことなどを聞《き》いてはいませんでした。ただじっと、地下室《ちかしつ》にある、女中頭《がしら》の部《へ》屋《や》の中《なか》を、のぞきこんでいたのです。そこには、ストーブが、鉄《てつ》の四本足《よんほんあし》で立《た》っていました。それは、ちょうど、雪《ゆき》だるまと同《おな》じくらいの大《おお》きさに見《み》えました。

「ぼくのからだの中《なか》が、いやにミシミシいうぞ」と、雪《ゆき》だるまが言《い》いました。「どうしても、あそこへは入《はい》っていけないんだろうか？　こんなのは、罪《つみ》のない願《ねが》いなんだがなあ。罪《つみ》のない願《ねが》いというものは、きっとかなえてもらえるものなんだがな。これが、ぼくのいちばんのお願《ねが》いで、おまけに、たった一《ひと》つのお願《ねが》いなんだ。もしこの願《ねが》いがきいてもらえないとすれば、そりゃあ、まったく不公平《ふこうへい》というものだ。よし、どうしてもぼくは、窓《まど》ガラスをこわしてでも、入《はい》っていって、あのストーブによりかかってやろう」

「おまえは、あんなところへ、入《はい》っていけやしないよ」と、くさりにつながれているイヌが、言《い》いました。「それに、もしおまえが、ストーブのそばになんか行《い》けば、とけて消《き》えちまうよ。ワン！　ワン！」

「もう、とけているのもおんなじようなものだ」と、雪《ゆき》だるまは言《い》いました。「ぼくは、まるで切《き》りきざまれているような気持《きもち》だ」

一日《いちにち》じゅう、雪《ゆき》だるまはそこに立《た》って、窓《まど》ごしに部屋《へや》の中《なか》をのぞきこんでいました。あたりがうす暗《ぐら》くなると、部屋《へや》の中《なか》は、ますます楽《たの》しそうに見《み》えてきて、雪《ゆき》だるまの心《こころ》は、もっともっとそこにひきつけられました。ストーブからは、たいそうやわらかな光《ひかり》がさしていました。それは、お月《つき》さまの光《ひかり》ともちがいますし、お日《ひ》さまの光《ひかり》ともちがっていました。ほんとうに、それは、ストーブの中《なか》に何《なに》かがはいっているとき、ストーブだけが出《だ》すことのできる光《ひかり》でした。ドアが開《ひら》かれると、そのたびに、ほのおがさっと外《そと》に出《で》てきました。それは、ストーブの持《も》っている、いつものくせ・・だったのです。するとそのほのおは、雪《ゆき》だるまの白《しろ》い顔《かお》にまっかにうつりました。そして、胸《むね》の上《うえ》をも、赤々《あかあか》と照《て》らしだしました。

「ああ、もう、とてもたまらないや」と、雪《ゆき》だるまが言《い》いました。「ああして、舌《した》を出《だ》すようすは、ほんとうによく似合《にあ》っている！」

たいそう長《なが》い夜《よる》でした。けれども、雪《ゆき》だるまには、そんなに長《なが》いとも思《おも》われませんでした。雪《ゆき》だるまは、自分《じぶん》の楽《たの》しい空想《くうそう》にふけっていたのです。そして、からだはつめたくこおりついて、ミシミシいっていました。

朝《あさ》になると、地下室《ちかしつ》の窓《まど》には、いちめんに氷《こおり》が張《は》っていました。そして、雪《ゆき》だるまが心《こころ》から望《のぞ》んでいる氷《こおり》の花《はな》が、それはそれは美《うつく》しく、いっぱい咲《さ》いていました。でも、そのために、ストーブはかくれてしまいました。窓《まど》ガラスの氷《こおり》は、とけそうもありません。雪《ゆき》だるまは、あのストーブの姿《すがた》を見《み》ることができませんでした。あたりでは、ミシミシ、パチパチ、音《おと》がしています。まったく、雪《ゆき》だるまが心《こころ》の底《そこ》からよろこびそうな、霜《しも》の多《おお》い、きびしい寒《さむ》さでした。それなのに、雪《ゆき》だるまはちっともよろこびません。ほんとうなら、きっと、しあわせに感《かん》じたでしょうし、また、しあわせに感《かん》じるはずだったのですが、じつは、すこしもしあわせには思《おも》いませんでした。それもそのはず、雪《ゆき》だるまは、ただもうストーブのことばかり考《かんが》えて、恋《こい》しがっていたのですもの。

「雪《ゆき》だるまにとっちゃ、そりゃあ、わるい病気《びょうき》だよ」と、くさりにつながれているイヌが、言《い》いました。「前《まえ》にわしも、この病気《びょうき》にかかったことがあるが、もう今《いま》では、すっかりなおってしまった。ワン！　ワン！——おや、天《てん》気《き》ぐあいがかわるぞ！」

やがて、ほんとうに、空《そら》もようがかわってきました。だんだん、雪《ゆき》がとけるようすです。ますます暖《あたた》かくなってきて、雪《ゆき》だるまはとけはじめました。もう、何《なに》も言《い》いません。不平《ふへい》もこぼしません。こうなると、いよいよほんものです。

ある朝《あさ》、雪《ゆき》だるまは、とうとうくずれてしまいました。雪《ゆき》だるまの立《た》っていたところには、ほうきのえのようなものが、つっ立《た》っていました。それをしんにして、子供《こども》たちが、雪《ゆき》だるまをこしらえたのでした。

「なるほど、これでやっと、あいつがあんなに、ストーブを恋《こい》しがってたわけがわかった」と、くさりにつながれているイヌが、言《い》いました。「雪《ゆき》だるまは、からだの中《なか》に、ストーブの火《ひ》かき・・を持《も》っていたんだな。それが、あいつのからだの中《なか》で、あんなに動《うご》いていたんだ。でも、もうおしまいさ。ワン！　ワン！」

こうして、寒《さむ》い冬《ふゆ》も、やがてすぎてしまいました。

「ワン！　ワン！　おしまいだ、おしまいだ！」と、くさりにつながれているイヌが、ほえました。お屋敷《やしき》では、小《ちい》さな女《おんな》の子《こ》たちがうたいはじめました。

クルマバソウよ！　青《あお》いきれいな芽《め》をお出《だ》し！
ヤナギは毛糸《けいと》の手袋《てぶくろ》おぬぎ！

カッコウ、ヒバリがきて鳴《な》けば、
楽《たの》しい春《はる》が、もうきます！
わたしもいっしょにうたいましょ！　カッコウ！
やさしいお日《ひ》さま、はあやくきてよ！

今《いま》はもう、雪《ゆき》だるまのことを思《おも》い出《だ》す人《ひと》は、だれもありませんでした。

【凡例】

・本編「雪だるま」は、青空文庫作成の文字データを使用した。
底本：「人魚の姫　アンデルセン童話集Ⅰ」新潮文庫、新潮社
　　１９６７（昭和42）年12月10日発行
　　１９８９（平成元）年11月15日34刷改版
　　２０１１（平成23）年９月５日48刷
入力：チエコ
校正：木下聡
２０２０年12月27日作成
・文字遣いは、青空文庫のデータによる。
・この作品には、今日からみれば不適切と思われる表現が含まれているが、作品の描かれた時代と、作品本来の価値に鑑み、底本のままとした。
・ルビは、青空文庫のものに加えて、新字新仮名のルビを付し、総ルビとした。
・追加したルビには文字遣いの他、読み方など格段の基準は設けていない。

年《とし》とったカシワの木《き》のさいごの夢《ゆめ》

（クリスマスのお話《はなし》）

ひろいひろい海《うみ》にむかった、きゅうな海岸《かいがん》の上《うえ》に、森《もり》がありります。その森《もり》の中《なか》に、それはそれは年《とし》とった、一《いっ》本《ぽん》のカシワの木《き》が立《た》っていました。年《とし》は、ちょうど、三百六十五《さんびゃくろくじゅうご》になります。でも、こんなに長《なが》い年月《ねんげつ》も、この木《き》にとっては、わたしたち人間《にんげん》の、三百六十五日《さんびゃくろくじゅうごにち》ぐらいにしかあたりません。

わたしたちは、昼《ひる》のあいだは起《お》きていて、夜《よる》になると眠《ねむ》ります。眠《ねむ》っているときに、夢《ゆめ》を見《み》ます。ところが、木《き》は、ちがいます。木《き》は、一年《いちねん》のうち、春《はる》と夏《なつ》と秋《あき》のあいだは起《お》きていて、冬《ふゆ》になってはじめて、眠《ねむ》るのです。冬《ふゆ》が、木《き》の眠《ねむ》るときなのです。ですから、冬《ふゆ》は、春《はる》・夏《なつ》・秋《あき》という、長《なが》い長《なが》い昼《ひる》のあとにくる、夜《よる》みたいなものです。

夏《なつ》の暑《あつ》い日《ひ》には、よく、カゲロウが、この木《き》のこずえのまわりを、とびまわります。カゲロウは、いかにも楽《たの》しそうに、ふわふわダンスを踊《おど》ります。それから、この小《ちい》さな生《い》きものは、カシワの木《き》の大《おお》きな、みずみずしい葉《は》の上《うえ》にとまって、ちょっと休《やす》みます。そういうときには、心《こころ》から幸福《こうふく》を感《かん》じています。

するど、カシワの木《き》は、いつも、こう言《い》いました。

「かわいそうなおちびさん。たった一日《いちにち》が、おまえにとっての一生《いっしょう》とはねえ。なんとみじかい命《いのち》だろう！　まったくもって、悲《かな》しいことだなあ！」

「悲《かな》しいことですって？」と、そのたびに、カゲロウは言《い》いました。「それは、どういうことなの？　なにもかもが、こんなに、たとえようもないほど明《あか》るくて、暖《あたた》かくて、美《うつく》しいじゃありませんか。あたしは、とってもしあわせなのよ！」

「だが、たった一日《いちにち》だけ。それで、なにもかもが、おしまいじゃないか」

「おしまい？」と、カゲロウは言《い》いました。「なにがおしまいなの？　あなたも、おしまいになる？」

「いいや。わしは、おそらく、おまえの何千倍《なんぜんばい》も生《い》きるだろうよ。それに、わしの一日《いちにち》というのは、一年《いちねん》の、春《はる》・夏《なつ》・秋《あき》・冬《ふゆ》ぜんぶにあたるのだ。とても長《なが》くて、おまえには、かぞえることはできんだろうよ」

「そうね。だって、あなたのおっしゃることが、わかりませんもの。あなたは、あたしの、何千倍《なんぜんばい》も、生《い》きているんですのね。でも、あたしだって、一瞬間《いっしゅんかん》の何千倍《なんぜんばい》も生《い》きて、楽《たの》しく、しあわせに、くらしますわ。あなたが死《し》ぬと、この世《よ》の美《うつく》しいものは、みんな、なくなってしまいますの？」

「とんでもない」と、カシワの木《き》は、答《こた》えました。「それは、長《なが》くつづくよ。わしなどが考《かんが》えることもできんくらい、いつまでも、かぎりなくつづくのだよ」

「それなら、あなたの一生《いっしょう》も、あたしたちの一生《いっしょう》と、たいしてかわらないわ。ただ、かぞえかたが、ちがうだけですもの」

こう言《い》うとカゲロウは、また、空《そら》にはねあがって、ダンスをしました。カゲロウは、まるで、ビロードと、しゃでできているような、自分《じぶん》のうすい、きれいな羽《はね》を、うれしく思《おも》いました。暖《あたた》かい空気《くうき》の中《なか》で、心《こころ》からよろこびました。

あたりは、クローバの畑《はたけ》や、生垣《いけがき》の野《の》バラや、ニワトコや、スイカズラのかおりで、いっぱいですし、クルマバソウや、黄花《きばな》のクリンソウや、野生《やせい》のオランダハッカソウなどのにおいも、ぷんぷんしています。あんまり、においが強《つよ》いので、カゲロウは、なんだか、ちょっと酔《よ》ったような気《き》がしました。

長《なが》くて、美《うつく》しい一日《いちにち》でした。よろこびと、あまい気持《きもち》でいっぱいの一日《いちにち》でした。

お日《ひ》さまが沈《しず》みました。カゲロウは、昼《ひる》のあいだの、いろいろな楽《たの》しみのために、ぐったりと、つかれを感《かん》じました。でも、それは、気持《きもち》のよいくたびれでした。もう、羽《はね》が、いうことを聞《き》いてくれません。カゲロウは、ゆれている、やわらかな草《くさ》のくきの上《うえ》に、そっととまりました。ほんのちょっと、頭《あたま》をこっくりこっくりさせていたかと思《おも》うと、すぐやすらかな眠《ねむ》りに、ついてしまいました。こうして、カゲロウは死《し》んだのです。

「かわいそうになあ、小《ちい》さなカゲロウさん！」と、カシワの木《き》は、言《い》いました。「あっというまの、みじかい命《いのち》だったねえ」

夏《なつ》のあいだじゅう、くる日《ひ》も、くる日《ひ》も、カゲロウは、同《おな》じダンスをしました。カシワの木《き》と、同《おな》じことを話《はな》しあっては、同《おな》じことを答《こた》えあいました。そして、カゲロウは、いつも、同《おな》じ眠《ねむ》りにつくのでした。親《おや》のカゲロウも、子供《こども》のカゲロウも、孫《まご》のカゲロウも、みんな、同《おな》じことをくりかえしました。どのカゲロウも、同《おな》じように幸福《こうふく》で、同《おな》じように楽《たの》しんでいました。

カシワの木《き》は、春《はる》の朝《あさ》も、夏《なつ》の昼間《ひるま》も、秋《あき》の夕方《ゆうがた》も、ずっと、目《め》をさましていました。いよいよ、眠《ねむ》るときが、近《ちか》づいてきました。やがて、夜《よる》の冬《ふゆ》がやってくるのです。

もう、あらしが、うたいはじめましたよ。

「おやすみ、おやすみ。木《こ》の葉《は》が散《ち》るよ。木《こ》の葉《は》が散《ち》るよ。おれたちが、むしりとってやるよ。むしりとってやるよ。

さあさあ、お眠《ねむ》り。おれたちが、歌《うた》をうたって、眠《ねむ》らせてやるよ。ゆすぶって、眠《ねむ》らせてやるよ。

どうだい。古《ふる》い枝《えだ》も、気持《きもち》よさそうにしているよ。うれしくって、ギシギシいってるだろう。

ぐっすり、お眠《ねむ》り。ぐっすり、お眠《ねむ》り。おまえの、三百六十五日《さんびゃくろくじゅうごにち》めの夜《よる》だよ。おまえはまだ、ほんとうは、一《ひと》つの赤《あか》んぼうだよ。

ぐっすり、お眠《ねむ》り。雲《くも》が、雪《ゆき》を降《ふ》らせてくれるよ。それは、やわらかい寝床《ねどこ》になるよ。おまえの足《あし》もとをつつむ、暖《あたた》かい、掛《か》けぶとんになるよ。

ぐっすり、眠《ねむ》って、楽《たの》しい夢《ゆめ》をごらん」

そこで、カシワの木《き》は、からだから、葉《は》っぱの着物《きもの》をのこらず、ぬいでしまいました。こうして、長《なが》い冬《ふゆ》のあいだを、ゆっくり、休《やす》むことにしたのです。そのあいだに、夢《ゆめ》もみました。カシワの木《き》の見《み》る夢《ゆめ》も、人間《にんげん》の夢《ゆめ》と同《おな》じに、いつもきまって、それまでに、自分《じぶん》の身《み》に起《おこ》ったことばかりでした。

このカシワの木《き》にしても、一度《いちど》は、小《ちい》さいときがありました。いやいや、それどころか、ほんの小《ちい》さなドングリを、ゆりかごにしていたこともありました。人間《にんげん》がかぞえたところでは、この木《き》は、もう、四百年近《よんひゃくねんちか》くも、生《い》きていました。森《もり》の中《なか》で、いちばん大《おお》きくて、いちばんりっぱな木《き》なのです。木《き》の頂《いただき》は、ほかの木《き》よりもずっとずっと、高《たか》くそびえていました。海《うみ》のはるかおきのほうからも、はっきりと見《み》えましたので、船《ふね》の目《め》じるしになりました。けれども、カシワの木《き》のほうでは、大《おお》ぜいの人《ひと》が、自分《じぶん》を目《め》じるしとしてさがしていようとは、夢《ゆめ》にも知《し》りませんでした。

高《たか》い、緑《みどり》のこずえには、野《の》バトが巣《す》をつくり、カッコウが歌《うた》をうたいました。

秋《あき》になって、葉《は》が打《う》ちのばされた銅板《どうばん》のようになると、わたり鳥《どり》もとんできました。わたり鳥《どり》たちは、海《うみ》をこえて、とんでいくまえに、まずここで、ひと休《やす》みすることにしていました。

けれども、いまは冬《ふゆ》です。カシワの木《き》は、葉《は》っぱをすっかりおとして、立《た》っていました。ですから、枝《えだ》が、どんなに、まがりくねってのびているかが、はっきりとわかりました。大《おお》ガラスや小《こ》ガラスが、とんできました。カラスたちは、かわるがわる、枝《えだ》にとまっては、

「また、いやなときがはじまるねえ。まったく、冬《ふゆ》の

あいだは、食《た》べものをさがすのがたいへんだよ」と、話《はな》しあいました。

この木《き》が、いちばん美《うつく》しい夢《ゆめ》を見《み》たのは、きよらかなクリスマスの晩《ばん》でした。では、わたしたちも、その話《はなし》を聞《き》くことにしましょう。

きょうは、お祭《まつ》りだな、と、カシワの木《き》は、はっきりと感《かん》じました。気《き》のせいか、近所《きんじょ》の町《まち》の教会《きょうかい》の、鐘《かね》という鐘《かね》が鳴《な》っているようです。それに、おだやかで、暖《あたた》かくて、まるで、すばらしい夏《なつ》の日《ひ》のようです。

カシワの木《き》は、生《い》き生《い》きとした、緑《みどり》のこずえを、力《ちから》づよくのばしました。お日《ひ》さまの光《ひかり》が、葉《は》と、枝《えだ》のあいだに、ちらちらたわむれています。空気《くうき》は、草《くさ》や、やぶのにおいで、いっぱいです。色《いろ》とりどりのチョウが、おにごっこをして、あそんでいます。カゲロウは、ダンスをしています。まるで、なにもかもが、ただ、ダンスをして、楽《たの》しむために生《い》きているようでした。

長《なが》い長《なが》い年月《ねんげつ》のあいだには、この木《き》には、さまざまのことが起《おこ》りました。いろいろなことも、見《み》てきました。そうしたことが、まるで、お祭《まつ》りの行列《ぎょうれつ》のように、つぎからつぎへと、目《め》のまえを通《とお》りすぎていきました。

むかしの騎士《きし》と貴婦人《きふじん》たちが、ウマに乗《の》って、森《もり》を通《とお》っていきます。帽子《ぼうし》には羽《はね》かざりをつけ、手《て》にはタカをとまらせています。狩《か》りの角笛《つのぶえ》がひびきわたり、イヌがワンワンほえたてました。

今度《こんど》は、敵《てき》の兵士《へいし》たちがあらわれました。きらびやかな服装《ふくそう》をして、ぴかぴかの武器《ぶき》を持《も》っています。やりだの、ほこやりだのを、手《て》に手《て》に持《も》っているのです。兵士《へいし》たちは、テントをはったり、かたづけたりしました。かがり火《び》も、どんどんたきました。カシワの木《き》の、ひろがった枝《えだ》の下《した》で、歌《うた》をうたい、それから眠《ねむ》りました。

今度《こんど》は、恋人《こいびと》たちが、お月《つき》さまの光《ひかり》をあびて、静《しず》かな幸福《こうふく》につつまれて、出会《であ》っています。ふたりは、自分《じぶん》たちの名前《なまえ》の、さいしょの文字《もじ》を、緑《みどり》がかった、灰色《はいいろ》のみきに、ほりつけました。

それから、だいぶたちました。あるとき、旅《たび》をして歩《ある》く、陽気《ようき》な職人《しょくにん》たちが、ことや、たてごとを、この木《き》の枝《えだ》に、かけたことがありました。それは、いまもまだ、そのまま、かかっていて、美《うつく》しい音《おと》をひびかせています。

野《の》バトは、まるで、この木《き》が心《こころ》に感《かん》じていることを話《はな》そうとでもするように、クークー鳴《な》きました。カッコウは、この木《き》が、これからさき、まだまだ、たくさんの夏《なつ》の日《ひ》をすごさなければならないことを、うたいました。

そのとき、カシワの木《き》は、あたらしい命《いのち》が、からだじゅうを流《なが》れるような気《き》がしました。下《した》のほうの、一《いち》ばんほそい根《ね》から、上《うえ》のほうの、一《いち》ばん高《たか》い枝《えだ》まで、そうして、葉《は》のさきざきまでも、流《なが》れるような気《き》がしたのです。それにつれて、なんだか、からだが、ぐんぐん、のびていくような気《き》がしました。根《ね》のさきの感《かん》じでは、たしかに、地《じ》べたの中《なか》にさえ、命《いのち》と暖《あたた》かみが、あるようです。力《ちから》もついてきたような気《き》がしました。カシワの木《き》は、ますます大《おお》きくなっていきました。みきは、すくすく伸《の》びて、どこまでもどこまでも伸《の》びていきます。こずえは、ますますしげって、どんどんひろがり、しかも、ぐんぐん高《たか》くなっていきます。——

木《き》が大《おお》きくなるにつれて、幸福《こうふく》な気持《きもち》も高《たか》まってきました。このまま、どんどん大《おお》きくなって、しまいには、光《ひか》りかがやく、暖《あたた》かいお日《ひ》さまのところまでとどきたい、という、楽《たの》しいあこがれも、おこってきました。

いよいよ、カシワの木《き》は、雲《くも》の上《うえ》よりも高《たか》く、そびえたちました。雲《くも》は、まるで、黒《くろ》いわたり鳥《どり》のむれか、大《おお》きな、白《しろ》いハクチョウのむれのように、下《した》のほうを流《なが》れています。

カシワの木《き》の葉《は》は、まるで、一枚一枚《いちまいいちまい》が、目《め》をもっているように、どんなものをも見《み》ることができました。お星《ほし》さまは、昼間《ひるま》でも、はっきりと見《み》えました。とっても大《おお》きく、きらきら光《ひか》っています。お星《ほし》さまの一《ひと》つ一《ひと》つが、それはそれはやさしい、すみきった目《め》のように、キラキラ光《ひか》っているのです。それを見《み》ると、カシワの木《き》は、ふと、見《み》おぼえのある、やさしい目《め》を思《おも》い出《だ》しました。子供《こども》たちの目《め》や、木《き》の下《した》で会《あ》っていた恋人《こいびと》たちの目《め》です。

ほんとうに楽《たの》しい、幸福《こうふく》にみちた瞬間《しゅんかん》でした。でも、こうしたよろこびを感《かん》じながらも、カシワの木《き》は、こんなことを願《ねが》いました。下《した》に見《み》える、森《もり》じゅうの木《き》や、やぶや、草《くさ》や、花《はな》が、みんな、わしと同《おな》じように大《おお》きくなって、このすばらしいかがやきを見《み》て、いっしょに楽《たの》しむことができたならなあ、と。

ありとあらゆるすばらしい夢《ゆめ》を見《み》ていながらも、この堂々《どうどう》としたカシワの木《き》は、まだ、ほんとうに幸福《こうふく》にはなりきっていなかったのです。カシワの木《き》は、まわりのすべてのものが、小《ちい》さなものも、大《おお》きなものも、みんな、自分《じぶん》といっしょに、よろこびを感《かん》じないうちは、満足《まんぞく》できなかったのです。こういう心《こころ》からの思《おも》いをこめて、カシワの木《き》は、枝《えだ》や葉《は》を、ぶるぶるっとふるわせました。ちょうど、人間《にんげん》が、胸《むね》をふるわすようにです。

カシワの木《き》のこずえは、なにか、たりないものをさがそうとするように、しきりに、身《み》を動《うご》かしました。

ふと、うしろを見《み》ると、クルマバソウのにおいが、ぷーんとしてきました。つづいて、スイカズラとスミレのにおいが、それよりも、もっと強《つよ》くしてきました。カッコウは、なんだか、自分《じぶん》の気持《きもち》にこたえて、うたってくれているようです。

おや、森《もり》の緑《みどり》の頂《いただき》が、いつのまにか、雲《くも》の上《うえ》まで、顔《かお》を出《だ》してきました。見《み》れば、下《した》のほうから、ほかの木《き》も、自分《じぶん》と同《おな》じように、ぐんぐん大《おお》きくのびています。やぶも草《くさ》も、高《たか》く高《たか》く、のびあがってきます。なかには、大《おお》いそぎで、のびようとして、地《じ》べたから、根《ね》までひきぬいてしまったものさえありますよ。なかでも、いちばん早《はや》く大《おお》きくなってきたのが、シラカバです。シラカバは、ほっそりとしたみきを、白《しろ》いいなずまのように、ぴちぴちとのばしてきました。枝《えだ》は、まるで、緑色《みどりいろ》のしゃ・か、旗《はた》のように、波《なみ》うって、ひろがりました。

こうして、森《もり》ぜんたいが、大《おお》きくなってきました。かっしょくの、わた毛《げ》のはえたアシまでも、いっしょにのびてきました。小鳥《ことり》たちも、あとを追《お》って、歌《うた》をうたいました。草《くさ》のくきは、長《なが》い、緑色《みどりいろ》の、絹《きぬ》のリボンのように、ゆれていました。そのくきの上《うえ》には、バッタがすわって、羽《はね》で、すねの骨《ほね》をうっては、音楽《おんがく》をかなでていました。

コガネムシやミツバチは、ブンブンうなり、小鳥《ことり》という小鳥《ことり》は、歌《うた》をうたいました。なにもかもが、歌《うた》とよろこびにみちあふれました。それは、天《てん》までとどくかとさえ思《おも》われました。

「しかし、あの水《みず》ぎわの、小《ちい》さな、青《あお》い花《はな》も、いっしょに、大《おお》きくなってこなければいかんな」と、カシワの木《き》は言《い》いました。「それに、あの赤《あか》いフウリンソウや、それから、小《ちい》さなヒナギクもだ」

じっさい、カシワの木《き》は、なにもかも、自分《じぶん》といっしょに、大《おお》きくならせたかったのです。

「わたしたちは、いっしょよ。わたしたちは、いっしょよ」と、うたう声《こえ》が、そのとき、聞《きこ》えてきました。

「それにしても、去年《きょねん》の夏《なつ》の、美《うつく》しいクルマバソウは、どうしたろう。――そうそう、その前《まえ》の年《とし》には、ここは、スズランが花《はな》ざかりだった。―それから、野生《やせい》のリンゴの木《き》も、ほんとうに、きれいな花《はな》を咲《さ》かせていた。―ああ、何年《なんねん》も何年《なんねん》ものあいだ、この森《もり》を美《うつく》しくかざったものが、―みんな、いままで生《い》きていたら、ここに、いま、いっしょにいられるだろうになあ！」

「わたしたちは、いっしょよ。わたしたちは、いっしょよ」という歌声《うたごえ》が、今度《こんど》は、さっきよりも高《たか》いところから、聞《きこ》えてきました。いつのまにか、そんなところまで、高《たか》くとんできたようです。

「いや、これは、とても、信《しん》じられないほどの美《うつく》しさだ！」と、年《とし》とったカシワの木《き》は、よろこびの声《こえ》をあげました。「わしは、なにもかも、持《も》っているのだ。小《ちい》さいものも、大《おお》きいものも。忘《わす》れたものは、一《ひと》つもない。世《よ》の中《なか》に、これほどの幸福《こうふく》が、あるだろうか、考《かんが》えられるだろうか」

「神《かみ》さまの天国《てんごく》では、ありますよ。考《かんが》えられますよ」

という声《こえ》が、ひびいてきました。

カシワの木《き》は、なおも、ずんずん大《おお》きくなっていきました。とうとう、地《じ》べたから、根《ね》が離《はな》れました。

「これ以上《いじょう》、うれしいことは、ないぞ」と、カシワの木《き》は言《い》いました。

「もう、わしをしばりつけるものは、なにもない。これから、この上《うえ》ない高《たか》いところへ、光《ひかり》とかがやきの中《なか》へ、とんでいくことができるのだ。しかも、わしの愛《あい》するものは、みんな、いっしょなのだ。小《ちい》さいものも、大《おお》きいものも。みんな、いっしょなのだ」

「みんな、いっしょに」

これが、カシワの木《き》の夢《ゆめ》だったのです。

ところが、こうして、カシワの木《き》が夢《ゆめ》を見《み》ているあいだに、すさまじいあらし・・・あらしが、きよらかなクリスマス前夜《ぜんや》に、海《うみ》をも、陸《りく》をも、あらしまわっていたのです。海《うみ》は、山《やま》のような大波《おおなみ》を、岸《きし》にむかって、たたきつけました。カシワの木《き》は、メリメリッとさけて、根《ね》こそぎにされてしまいました。ちょうど、根《ね》が、地《じ》べたから離《はな》れる夢《ゆめ》を見《み》ていた瞬間《しゅんかん》にです。カシワの木《き》は、地《じ》べたに、どっとたおれました。この木《き》の、三百六十五年《さんびゃくろくじゅうごねん》という一生《いっしょう》は、カゲロウにとっての一日《いちにち》と、同《おな》じことでした。

クリスマスの朝《あさ》になりました。お日《ひ》さまがのぼったときには、あらしは、もう、すぎさっていました。教会《きょうかい》の鐘《かね》という鐘《かね》が、おごそかに鳴《な》りました。どの家《いえ》のえんとつからも、貧乏《びんぼう》なお百姓《ひゃくしょう》さんの家《いえ》の、ちっぽけなえんとつからさえも、ちょうど、ドルイド教徒《きょうと》のさいだんからのぼる煙《けむり》のように、かんしゃをこめた、ささげものの煙《けむり》が、うす青《あお》く立《た》ちのぼりました。

海《うみ》は、だんだんにしずまってきました。おきの、大《おお》きな船《ふね》には、クリスマスをお祝《いわ》いする、色《いろ》とりどりの旗《はた》がかかげられて、美《うつく》しく風《かぜ》にはためいていました。この船《ふね》は、ゆうべの、はげしいあらしにも、負《ま》けなかったのです。

「あの木《き》が見《み》えないぞ、年《とし》とったカシワの木《き》が！　おれたちの目《め》じるしだったのになあ」と、水夫《すいふ》たちは、言《い》いました。「ゆうべのあらしで、たおれたんだ。あの木《き》のかわりになりそうなものは、なにかあるかな。なんにもないなあ！」

カシワの木《き》は、海《うみ》べで、雪《ゆき》のふとんの上《うえ》に、長々《ながなが》と、横《よこ》になっていました。でも、いま、みじかいけれども、こんなに心《こころ》のこもった言葉《ことば》を、お別《わか》れにうけたのです。船《ふね》の上《うえ》からは、讃《さん》美《び》歌《か》が聞《き》こえてきました。クリスマスのよろこびをうたい、キリストによる人間《にんげん》の魂《たましい》のすくいと、かぎりない命《いのち》とをたたえる讃《さん》美《び》歌《か》です。

うたえ、高《たか》らかに、世《よ》の人《ひと》よ。
ハレルヤ。主《しゅ》は生《う》まれたまいぬ。
このよろこびぞ、たぐいなし。
ハレルヤ、ハレルヤ。

なつかしい讃《さん》美《び》歌《か》は、空《そら》にひびきわたりました。船《ふね》の上《うえ》の人《ひと》たちは、みんな、この歌《うた》をうたい、お祈《いの》りをしたおかげで、魂《たましい》が高《たか》められたように感《かん》じました。ちょうど、クリスマスの前夜《ぜんや》に、年《とし》とったカシワの木《き》が、さいごの、いちばん美《うつく》しい夢《ゆめ》のなかで、高《たか》められていったようにです。

【凡例】

・本編「年とったカシワの木のさいごの夢」は、青空文庫作成の文字データを使用した。

底本：「マッチ売りの少女　（アンデルセン童話集Ⅲ）」新潮文庫、新潮社
　　１９６７（昭和42）年12月10日発行
　　１９８１（昭和56）年５月30日21刷

入力：チエコ

校正：木下聡

２０１９年7月30日作成

・文字遣いは、青空文庫のデータによる。

・この作品には、今日からみれば不適切と思われる表現が含まれているが、作品の描かれた時代と、作品本来の価値に鑑み、底本のままとした。

・ルビは、青空文庫のものに加えて、新字新仮名のルビを付し、総ルビとした。

・追加したルビには文字遣いの他、読み方など格段の基準は設けていない。

影《かげ》

あつい国《くに》ぐにでは、お日《ひ》さまが、やきつくように強《つよ》く照《て》りつけます。そこではたれでも、マホガニ色《いろ》に、赤黒《あかぐろ》くやけます。どうして、そのなかでも、ごくあつい国《くに》では、ほんものの黒《くろ》んぼ色《いろ》にやけてしまうのです。
ところが、こんど、寒《さむ》い北《きた》の

国《くに》から、ひとりの学者《がくしゃ》が、そういうあつい国《くに》へ、そんなつもりではなく出《で》てきました。この人《ひと》は国《くに》にいるじぶんの気《き》で、こちらにきても、ついそこらをぶらつくことができるつもりでいました。でもさっそく、その考《かんが》えはかえて、この人《ひと》も、この国《くに》のせけんなみに、やはりじっとしていなければなりませんでした。どこの家《いえ》も、それは、窓《まど》も戸《と》も、まる一日《いちにち》しめきりで、中《なか》にいる人《ひと》は、ねているのか、どこかよそへ出《で》ているとしかおもえないようでした。この人《ひと》の下宿《げしゅく》している高《たか》いたてもののつづきのせまい通《とお》りは、おまけに朝《あさ》から晩《ばん》まで、日《ひ》がかんかんてりつけるようなぐあいにできていて、これはまったくたまらないことでした。

さて、さむい国《くに》からきた学者《がくしゃ》は、年《とし》は若《わか》いし、りこうな人《ひと》でしたが、でもまる一日《いちにち》、にえたぎっているおかまの中《なか》にすわっているようで、これにはまったくよわりきって、げっそりやせてしまいました。その影《かげ》までが、ちぢこまって、国《くに》にいたじぶんから見《み》ると、ずっと小《ちい》さくなりましたが、お日《ひ》さまには、影《かげ》までいじめつけられたのです。――で、やっと晩《ばん》になって、お日《ひ》さまが沈《しず》むと、人《ひと》も影《かげ》もはじめていきをふき返《かえ》すようでした。さて、あかりがへやのなかにはいってくると、さっそく影《かげ》はずんずんのびて、天井《てんじょう》までつきぬけるほどたかくなります。

それはまったく見《み》ているとおもしろいようでした。影《かげ》は元気《げんき》をとりかえすつもりか、のびられるだけたかく、せいのびするように見《み》えました。学者《がくしゃ》は、露台《バルコニ》へ出《で》ると、のびをひとつしました。きれいな大空《おおぞら》の上《うえ》に、星《ほし》が出《で》てきて、やっと生《い》きかえったようにおもいました。町《まち》じゅうのバルコニにも―あつい国《くに》ぐにでは、窓《まど》ごとにバルコニがついているのですが、―みんなが新《あたら》しい空気《くうき》をすいに出《で》てきました。

いくらマホガニ色《いろ》にやけることにはなれても、すずむだけはすずまずにはいられません。すると上《うえ》も下《した》もにぎやかになってきました。まずくつやと仕立屋《したてや》が、それから町《まち》じゅうの人《ひと》が、下《した》の往来《おうらい》に出《で》てきました。それから、いすとテーブルがもち出《だ》されて、ろうそくが、それは千本《せんぼん》という数《かず》ものろうそくがともされます。話《はなし》をするものもあれば、うたうものもあり、ぶらぶらあるくものもあります。馬車《ばしゃ》が通《とお》ります。ろばがきます。チリンチリン、鈴《すず》をつけているのです。死人《しにん》が讃美歌《さんびか》に送《おく》られておはかにはいります。不良《ふりょう》どもは往来《おうらい》でとんぼをきります。お寺《てら》のかねがなりわたります。いやはや、どこもここも、大《おお》にぎやかなことでした。ただ、れいの外国《がいこく》から来《き》た学者《がくしゃ》のすまいの、ちょうどまん前《まえ》のたてものだけは、いたってしずかでしたが、やはり住《す》んでいる人《ひと》はあるようで、バルコニには花《はな》がおいてありました。それがやきつくような日《ひ》の下《した》で、美《うつく》しく咲《さ》いているところを見《み》ると、水《みず》をやるものがなければ、そうはいかないはずですから、たれか人《ひと》がいるにはちがいありません。晩方《ばんがた》になるとその戸《と》は半《はん》びらきにあきました。けれど、うちの中《なか》はとにかく、おもてにむいたへやだけはまっくらで、そのくせずっと奥《おく》のへやからは、おんがくがきこえました。外国《がいこく》の学者《がくしゃ》は、このおんがくを、じつにいいものだとおもっていました。でも、それはこの人《ひと》だけの想像《そうぞう》でそうおもっていたのかも知《し》れません。だってこの学者《がくしゃ》は、日《ひ》さえぎらぎら照《て》らなければ、そのほかはこのあつい国《くに》のものを、なににようらず、すばらしいとおもっていたからです。下宿《げしゅく》の主人《しゅじん》にきいてみても、前《まえ》の家《いえ》をたれが借《か》りているのか知《し》りませんでした。なにしろ、にんげんの姿《すがた》をみたことがないというのです。さて音楽《おんがく》についていえば、この下宿《げしゅく》の主人《しゅじん》には、それはとても、たいくつせんばんなものにおもわれていました。

主人《しゅじん》がいうには、「どうもだれかあの家《いえ》に人《ひと》がいて、どうやってもひきこなせないひとつの曲《きょく》を、始終《しじゅう》いじくりまわしているのですね、―それはいつもおなじ曲《きょく》なのです。『どうでも弾《ひ》きこなす』といういきごみらしいが、いつまでひいていても、ものにはならないのですよ。」

ある晩夜中《ばんよなか》に、この外国《がいこく》の学者《がくしゃ》は、ふと目《め》をさましました。バルコニの戸《と》をあけはなしたまま、ついそこにねむってしまったのです。すると風《かぜ》がきて、はなの先《さき》のカーテンを吹《ふ》き上《あ》げました。そのとたん、ふしぎな光《ひかり》が、すぐ前《まえ》の家《いえ》のバルコニから、さしこんできたようにおもわれました。そこにあるのこらずの花《はな》が、じつにきれいな色《いろ》をしたほのおのように、かがやいて見《み》え、その花《はな》のまん中《なか》に、美《うつく》しいすらりとした姿《すがた》の少女《しょうじょ》が立《た》っていましたが、この人《ひと》のからだから、ふしぎな光《ひかり》がさしてくるようにおもわれました。学者《がくしゃ》はひどく目《め》がくらくらするようでしたが、むりやり大《おお》きい目《め》をあけると、それでやっと目《め》がさめました。あわててベッドからとびおりて、そうっと、カーテンのうしろへはいっていきました。けれど少《しょう》女《じょ》の姿《すがた》はなく、光《ひかり》も消《き》えていて、花《はな》もべつだんかがやいてもいず、ただいつものようにきれいに咲《さ》いているだけでした。戸《と》は半開《はんびら》きになっていて、なかから音楽《おんがく》が、いかにもやさしく、いかにもあまくうつくしく、ほれぼれと引《ひ》きこまれるような音《おと》にきこえていました。これこそまったく魔法《まほう》のようなわざでした。たれがそこに住《す》まっているのでしょう。いったい、どこが入口《いりぐち》なのでしょう。なぜといって、下《した》の往来《おうらい》にむかったほうは、店《みせ》つづきで、どうもそこを通《とお》って、中《なか》へはいけないようになっていました。

ある晩《ばん》、外国《がいこく》の学者《がくしゃ》は、バルコニに出《で》ていました。すぐうしろのへやには、あかりがかんかんしていました。ですから、この人《ひと》の影《かげ》が、むこうがわの家《いえ》のかべにうつるのは、まず、あたりまえの話《はなし》でした。そう、そこで影《かげ》は、ちょうどむこうのバルコニの花《はな》と花《はな》のあいだに、すわっていることになりました。そして、この学者《がくしゃ》がからだを動《うご》かすといっしょに、影《かげ》も動《うご》きました。

そのとき、この学者《がくしゃ》はいいました。

「どうもこうしていると、わたしの影《かげ》だけが、むこうの家《いえ》にひとり生《い》きて住《す》んでいるような気《き》がする。ほらあの通《とお》り、ぎょうぎよく、花《はな》のあいだにじっとこしをおろしている。戸《と》は半分《はんぶん》あいているだけだが、影《かげ》はなかなかりこうものだから、ずんずん、中《なか》へはいっていって、そこらをよく見《み》てまわって、帰《かえ》ってきて、見《み》たとおりを話《はな》してくれるにちがいない。そうだ、ぼくの影法師《かげぼうし》、おまえはそんなふうにして、一働《ひとはたら》きしてきてもらいたいものだ。」と、学者《がくしゃ》は、じょうだんにいいました。「どうかうまくするりとはいって見《み》てもらいたい。さあどうだ、いってくれるかい。」こういって、学者《がくしゃ》は影《かげ》に、あごでうなずきますと、影《かげ》もうなずきかえしました。「さあ、いっておいで。だが鉄砲玉《てっぽうだま》のお使《つかい》はごめんだよ。」

そこで、学者《がくしゃ》は立《た》ちあがりました。すると、影《かげ》も、むこうの家《いえ》のバルコニで立《た》ちあがりました。それから、学《がく》者《しゃ》がうしろをむくと、影《かげ》がそれといっしょに、うしろむきになってむこうの家《いえ》の半開《はんびら》きにした戸《と》の中《なか》へ、すっとはいっていったところを、たれかみていたら、そこまでみとどけたはずでした。しかし学者《がくしゃ》は、そのままずっとへやへはいって、長《なが》いカーテンをおろしてしまいました。そのあくる朝《あさ》、学者《がくしゃ》は喫茶店《きっさてん》へ、新聞《しんぶん》をよみに出《で》かけました。

それでひなたへ出《で》ますと、「おや、どうした。」と、この人《ひと》はいいました。「はて、おれには影《かげ》がないぞ。するとほんとうに、ゆうべ影《かげ》のやつ、出《で》かけていって、あれなりかえってこないのだな。いまいましいことになった。」

さあ、学者《がくしゃ》はむしゃくしゃしてきました。でも、それは影《かげ》がなくなったためというよりは、影《かげ》*をなくした男《おとこ》のお話《はなし》のあるのを知《し》っているからです。寒《さむ》い国《くに》ぐにの人《ひと》たちは、たれもその話《はなし》を知《し》っていました。ですから学者《がくしゃ》が国《くに》へかえって、じぶんのじっさい出《で》あった話《はなし》をしても、きっとそれは人《ひと》まねだといってしまわれるでしょう。そんなことをいわれるわけはない。だから、この話《はなし》はまるでしないでおこうと、おもいました。これはいかにももっともな考《かんが》えでした。

＊ドイツのシャミソー作《さく》小説《しょうせつ》「影《かげ》をなくした男《おとこ》」のこと。

その晩《ばん》、学者《がくしゃ》は、またバルコニに出《で》ていました。まうしろにあかりをつけておきました。それは影《かげ》というものは、いつも主人《しゅじん》を光《ひかり》の前《まえ》に立《た》てて、そのかげにいたがるものだということを知《し》っていたからですが、どうも、やはりさそいだせませんでした。ちぢんでみたり、せいのびしてみたりしましたが、やはりかげはありません。まるであらわれてこないのです。

「えへん、えへん。」知《し》らせてみてもいっこうだめでした。どうもごうはらなことでした。

けれど、さすがに熱《あつ》い国《くに》です。どんなものでも、じつに成長《せいちょう》がはやいので、一週間《いっしゅうかん》ばかり間《あいだ》をおいてひなたへ出《で》てみますと、あたらしい影《かげ》が、足《あし》の先《さき》から生《は》えて大《おお》きくなりかけているので、すっかりうれしくなりました。それしてみる、と影《かげ》の根《ね》が残《のこ》っていたものとみえます。それで三週間《さんしゅうかん》もたつと、もうかなりな影《かげ》になり、いよいよ北《きた》の国《くに》にかえるじぶんには、とちゅう旅《たび》の間《あいだ》にも、ずんずん成長《せいちょう》して、しまいには、あんまり長《なが》すぎもし、大《おお》きすぎもして、もう半分《はんぶん》でたくさんだとおもうくらいになりました。

こうして学者《がくしゃ》は国《くに》へかえると、この世《よ》の中《なか》にある真実《しんじつ》なこと、善《い》いこと、美《うつく》しいことについて本《ほん》を書《か》きました。

さてその後《ご》、日《ひ》がたって、月《つき》がたって、いくねんかすぎました。

ある晩《ばん》、へやの中《なか》にいますと、そっと、こつこつ、戸《と》をたたくものがありました。

「おはいりなさい。」と、学者《がくしゃ》はいいましたが、たれもはいってくるものはありません。そこで戸《と》をあけますと、すぐ目《め》の前《まえ》に、それはじつに、とほうもなくやせた男《おとこ》が、ひょろりと立《た》っていたので、すっかりおどろいてしまいました。そのくせ男《おとこ》は、みたところ、なかなかりっぱな、品《ひん》のいい身《み》なりで、いかさま身分《みぶん》のある人《ひと》にちがいありません。

「しつれいながら、どなたでございましょうか。」と、学者《がくしゃ》はたずねました。

「いや、ごもっともで。」と、そのりっぱな客人《きゃくじん》はいいました。「たぶんごしょうちでしょう。なにしろこのとおり、からだができましてね。おいおい肉《にく》がつき、衣服《いふく》も身《み》にそったというわけです。あなたはおそらく、ゆめにもわたしが、このような安《やす》らかなきょうぐうにいようと、お考《かんが》えになったことはありますまいな。あなた、ごじぶんのむかしの影法師《かげぼうし》をお見忘《みわす》れですか。そう、あなたはわたしがまたかえってこようなどとは、むろんお考《かんが》えにならなかったでしょう。あなたにおわかれしてから、ばんじひじょうにこうつごうに運《はこ》びましてね。わたしはどの点《てん》より見《み》ても、しごく有福《ゆうふく》になったのです。お給金《きゅうきん》を払《はら》いもどして、一本《いっぽん》だちの人間《にんげん》にしていただこうとおもえば、いつでもそのくらいのことはできるのですよ。」

こういって、その男《おとこ》は、とけいにつけた高価《こうか》なかぎたばを、がちゃがちゃと鳴《な》らし、首《くび》のまわりにかけた、どっしりおもい金《きん》ぐさりのあいだに、手《て》をつっこみました。その指《ゆび》には、一《いっ》ぽんのこらず、ダイヤモンドの指輪《ゆびわ》がきらきら光《ひか》っていました。しかも、それはみんなほんものです。

「いやはや、これはいったい、どうしたということだ。」と、学者《がくしゃ》はいいました。

「さようさ、まず世間並《せけんなみ》のことではありませんな。」と、影《かげ》はいいました。「でもあなただって世間並《せけんなみ》のほうじゃありませんよ。ごぞんじの通《とお》り、わたしはこどもの時《とき》から、ずっとあなたの足《あし》あとについてあるいてきました。そしてあなたが、わたしが十分《じゅうぶん》大《おお》きくなって、もうひとりで世間《せけん》あるきができるとお考《かんが》えになったとき、さっそくわたしはじぶんの道《みち》をいくことにしました。わたしはおよそかがやかしいきょうぐうに身《み》をおくようになりましたが、でもやはり、あなたがおなくなりにならないまえにぜひもういちどお目《め》にかかりたい、いわば、あこがれのようなものをいだいていました。あなたも、いずれお死《し》ににならなければならないでしょうし、わたしもこれお死《し》ににならなければならないでしょうし、

故郷忘《こきょうぼう》じがたしで、このへんをもういちど見《み》ておきたいとおもったのです。—あなたがもうひとつ、ほかの影法《かげぼう》師《し》をおやといになったことも、わたしは知《し》っています。その影法師《かげぼうし》になり、またあなたになり、なにがしか借《かり》があれば、お支払《しはら》いしましょうか。どうぞごえんりょなくおっしゃってください。」

「でもきみ、それはほんとうなのかい。」と、学者《がくしゃ》はいいました。「どうもまったくふしぎだよ。じぶんのむか

しの影法師《かげぼうし》が、にんげんになって、またかえってくるなんて、おもいもつかんことだ。」

「なにほどお支払《しはらい》したらいいか、おっしゃっていただきたい。」と、影《かげ》はいいました。「なにしろ、わたしは人《ひと》に借《かり》をのこしておくのが、きらいな性分《しょうぶん》でして。」

「なんだってそんなことをいうんだ。」と、学者《がくしゃ》はいいました。「このばあい、貸借《かしかり》なんて問題《もんだい》のありようはずがないさ。ほかのにんげんどうよう、きみは自由《じゆう》だよ。きみの幸運《こううん》にたいして、わたしはひじょうに、よろこんでいる。きゅう友《ゆう》、まあ、かけたまえ。そしてそのご、どういうことがあったか、あちらのあつい国《くに》ぐにで、ことに、あのむこうがわの家《いえ》で、君《きみ》の見《み》たことはなにか、そんなことをすこし話《はな》してくれたまえ。」

「はあ、お話《はな》し申《もう》しましょう。」と、影《かげ》はいって、こしをおろしました。「ところで、あなたにもお約束《やくそく》ねがいたいのですが、この町《まち》のどこぞで、わたしに出《で》あったばあい、だれにも、わたしがむかしあなたの影法師《かげぼうし》であったということは、けっして話《はな》さないことにしてください。わたしは結婚《けっこん》しようと考《かんが》えているのです。一家《いっか》をやしなうぐらい、今《いま》ではなんでもないのですから。」

「それは安心《あんしん》したまえ。」と、学者《がくしゃ》はいいました。「きみの素性《すじょう》がなんであるか、だれにもいうものではない。

このとおり手《て》をさしのべて約束《やくそく》する。ひとりの男《おとこ》にひとつのことば。男子《だんし》に二言《にごん》なし。」

「ひとつの影《かげ》にひとつのことば。影《かげ》に二言《にごん》なし。」と、影《かげ》もいいました。影《かげ》としては、こういわなければなりますまい。

さて、影《かげ》がいかにもにんげんになりきっていたのは、まったく、おどろくべきことでした。上《うえ》も下《した》もすっかり黒《くろ》ずくめで、それがとてもじょうとうのきれで、その上《うえ》にエナメルのくつをはき、押《お》しつぶすと、てんじょうと縁鍔《ふちつば》だけになるぼうしをかぶっていました。そのほかとけいの飾金具《かざりかなぐ》、首《くび》にかけた金鎖《きんぐさり》や、ダイヤモンドのゆびわなど、すでにごしょうちのとおりですから申《もう》しません。じっさい、影《かげ》は、すばらしくいい身《み》なりをしていました。どうやら影《かげ》が人間《にんげん》らしくとりつくろっていられたのも、まったくその身《み》なりのおかげでした。

「ではお話《はな》し申《もう》しましょう。」と、影《かげ》はいって、エナメルのくつをはいた足《あし》をのばすと、学者《がくしゃ》の足《あし》もとに、むく犬《いぬ》のようにうずくまっているしんまいの影《かげ》の腕《うで》に、力《ちから》いっぱいふんづけるように、それをのせました。これはわざと尊大《そんだい》ぶってしたことか、たぶん、しんまいの影《かげ》を、永劫《えいごう》じぶんに頭《あたま》のあがらぬものにしておくつもりか、どちらかなのでしょう。でも横《よこ》になった影《かげ》は、そばでよく話《はなし》が聞《き》きたいので、ごくおとなしく、じっとしていました。この影《かげ》も、いつかこんなふうに自由《じゆう》になって、主人《しゅじん》風《かぜ》が吹《ふ》かされようか、それを知《し》りたいとおもっていました。

「れいのむこうがわの家《いえ》には、だれが住《す》んでいたかご存《ぞん》じですか。」と、影《かげ》はいいました。「そこに住《す》んでいたのは、すべてのものの中《なか》で一《いち》ばん美《うつく》しいものでした。あれは詩《し》でしたよ。わたしはあの家《いえ》に三週間《さんしゅうかん》もとまっていましたが、その間《あいだ》にまるで三千年《さんぜんねん》もそこでくらして、昔《むかし》の人《ひと》の書《か》いたもののつくったもののこらず読《よ》みつくしたかとおもうほど、急《きゅう》になにかがしっかりしてきました。なにしろそれはお話《はなし》するとおり、まちがいのないことなんでして、わたしはなんでも見《み》て、なんでも知《し》っていますよ。」

「詩《し》だったか。」と、学者《がくしゃ》はさけびました。「そうだろう、そうだろう。——詩《し》はどうかすると隠者《いんじゃ》のように大都会《だいとかい》に住《す》んでいる。うん、詩《し》だったか。そうだ、わたしも、ほんのちらりとその姿《すがた》を見《み》たには見《み》たが、眠《ねむ》りが目《ま》ぶたをふさいでしまったのさ、詩《し》はバルコニに立《た》っていて、まるで極光《オーロラ》のように光《ひか》っていた。話《はな》しておくれ。話《はな》しておくれ。おまえは、バルコニの上《うえ》に立《た》っていた、戸《と》をぬけて中《なか》へはいっていった、そしてそれから——。」

「入口《いりぐち》のへやに入《はい》りました。」と、影《かげ》はいいました。「あなたはいつもじっとこしをかけてそこのへやのほうを見《み》ていましたね。あそこには、あかりというものがなく、まあうすあかりといった感《かん》じでした。でもそのうしろの戸《と》はあいていて、それから順《じゅん》じゅんにへやと広間《ひろま》のならんだずっと奥《おく》まで見《み》とおせたのですが、そこはまひるのようにあかるくて、かりにわたしがいきなりその女《おんな》のひとのすぐそばまでいったとしたら、そこのおびただしい光《ひかり》にうたれて、死《し》んでしまったことでしょう。ところがわたしは考《かんが》え深《ぶか》く、ゆっくりかまえていたのです。人《ひと》はだれでもこうありたいものですよ。」

「すると、おまえはなにを見《み》たのだね。」と、学者《がくしゃ》はたずねました。

「なにもかも見《み》てしまったのです。それをあなたにお話《はなし》しましょう。ところで――これはなにもわたしがこうまんにかまえるわけではないのですが、しかし――自由人《じゆうじん》として、またわたしの所有《しょゆう》する知識《ちしき》にたいしても――まあ、そうとうたかい今《いま》の身分《みぶん》やきょうぐうのことは申《もう》しますまいが――どうかおまえよばわりだけは、やめていただきたいものですな。」

「やあ、これは失策《しっさく》でした。」と、学者《がくしゃ》はいいました。「昔《むかし》の習慣《しゅうかん》は、あらためにくいものでしてね。――いや、おっしゃるとおりだ。よろしい、よく気《き》をつけましょう。ところで、あなたのごらんになったことを、のこらずお話《はな》しねがいたいのだが。」

「話《はな》しますとも。」と、影《かげ》はいいました。「なにしろ、なにもかも見《み》て知《し》っているのですから。」

「ではいちばんおくの広間《ひろま》はどんなようすでしたか。」と、学者《がくしゃ》はいいました。「若葉《わかば》の森《もり》の中《なか》にでもいるようでしたか。神聖《しんせい》な教会《きょうかい》の中《なか》にでもはいったようでしたか。高《たか》い山《やま》の上《うえ》に立《た》って、星《ほし》あかりの空《そら》を見《み》るようでしたか。」

「なにもかも、そこにはありましたよ。」と、影《かげ》はいいました。「もっとも、すっかりその中《なか》にはいって見《み》たわけではないのです。わたしはいちばんてまえの、うすあかるいへやに、じっとしていたのですが、それがこの上《うえ》もないよいぐあいで、なにもかも見《み》、なにもかも知《し》ったのです。わたしは入口《いりぐち》のへやで、いわば、詩《し》の大庭《おおにわ》にいたわけです。」

「だが、なにをそこで見《み》ましたか。太古《たいこ》の神《かみ》がみのこらずが、その大《おお》きな広間《ひろま》をとおっていきましたか。古代《こだい》の英雄《えいゆう》が、そこで戦《たたか》っていましたか。かわいらしいこどもたちが、そこであそびたわむれていて、その見《み》た夢《ゆめ》の話《はなし》でもしていましたか。」

「わたしは申《もう》しますが、わたしはそのへやにいたのですよ。ですから、そこで見《み》るべきものは、すべてわたしが見《み》たということはおわかりでしょう。かりにあなたがそこにやってこられたとすれば、もうそれなり人間《にんげん》ではいられないところでしたろう。だが、わたしは人間《にんげん》になったのですよ。それと同時《どうじ》に、わたしはじぶんのおくのおくにかくれた本性《ほんしょう》もわかり、じぶんの天分《てんぶん》もわかり、じぶんが詩《し》と近親《きんしん》の関係《かんけい》にあることも知《し》りました。まだあなたのおそばにいたころ、わたしはそんなことは考《かんが》えませんでした。ですが、あなたもごしょうちでしょう、太《たい》陽《よう》があがるとき、また太陽《たいよう》が沈《しず》むとき、いつもきまって、わたしはすばらしく大《おお》きくなりましたね。月《つき》の光《ひかり》のなかでは、わたしはあなた自身《じしん》よりも、かえってはっきりとみえたくらいでした。そのころは、じぶんの本性《ほんしょう》がよくわかってはいなかったのです。けれど詩《し》の入口《いりぐち》で、それがはじめてあきらかになったのです。―わたしは人間《にんげん》になりました。―一人前《いちにんまえ》になって、わたしはまたかえっていったのですが、もうその時《とき》は、あなたはあつい国《くに》のどこにもおいでがなかった。さて、人間《にんげん》になってみると、わたしは前《まえ》のようなかっこうであるくのが恥《はず》かしくなりました。くつもないし、着物《きもの》もないし、すべて人間《にんげん》を人《にん》間《げん》らしくみせる装飾品《そうしょくひん》がたりないのです。わたしはかくれました。まったく、あなただから打《う》ちあけていうのですよ。けっして本《ほん》に書《か》いていただきたくないが、わたしは菓子売女《かしうりおんな》の前掛《まえかけ》の下《した》にかくれたのです。その女《おんな》は、どんなに大《おお》きなものがかけこんだか、まるで気《き》もつきませんでした。晩《ばん》になってはじめて、わたしは外《そと》へ出《で》ました。月《つき》の光《ひかり》の中《なか》を、わたしは往来《おうらい》じゅうかけまわりました。わたしは長《なが》ながとかべにからだをのばしますと、とても気持《きもち》よく背中《せなか》をくすぐられるようでした。わたしは高《たか》くなったり低《ひく》くなったり、かけずりまわって、一《いち》ばん高《たか》い窓《まど》から広間《ひろま》の中《なか》をのぞき込《こ》んだり、また屋根《やね》の上《うえ》からだれものぞけないところをのぞきこんで、だれも見《み》たこともないこと、見《み》てはいけないことまで見《み》ました。つまりそれはつまらない世界《せかい》でした。もしも人間《にんげん》であるということが、なにかいいことのようにおもわれていなかったなら、わたしは人間《にんげん》なんかにはならなかったでしょう。わたしは妻《つま》や夫《おっと》や両親《りょうしん》や、かわいらしい天使《てんし》のようなこどもたちの間《あいだ》にも、まさかとおもわれるようなことが、行《おこな》われているのを見《み》ました。――またわたしは、」と、影《かげ》はいいました。「人間《にんげん》が知《し》ってならぬことで、そのくせ知《し》れれば知《し》りたいだろうと思《おも》うことを、たとえば、近所《きんじょ》の人《ひと》たちのしている悪事《あくじ》なども見《み》ました。そのとおりしんぶんに書《か》いたら、どんなにか読者《どくしゃ》にうけることでしょうが、わたしはじかにかんけいのある当《とう》のその人《ひと》だけに手紙《てがみ》をやりました。だから、わたしがいく先《さき》ざきの町《まち》では、大恐慌《だいきょうこう》をおこしていました。教授《きょうじゅ》たちは、わたしを教授《きょうじゅ》にしてくれましたし、仕立屋《したてや》はわたしに新《あたら》しい着物《きもの》をくれました。それで、わたしはりっぱな身《み》なりをしているのでさ。造幣所長《ぞうへいじょちょう》はわたしのために、金貨《きんか》を鋳《い》てくれました　それから婦人《ふじん》たちは、わたしの男《おとこ》ぶりをほめてくれました。まあ、そういうわけで、わたしはごらんのとおりのにんげんになったのです。しかし、もうおとましましょう。名刺《めいし》をおいていきます。ひなたがわに住《す》んでいます。雨《あめ》ふりの日《ひ》はいつも在宅《ざいたく》です。」

こういって、影《かげ》は出《で》ていきました。

「なにしろこれはめずらしいことだ。」と、学者《がくしゃ》はいいました。

年月《ねんげつ》がたちました。すると、影《かげ》はまたやってきました。

「やあ、その後《ご》いかがです。」と、影《かげ》はたずねました。

「やあ。」と。学者《がくしゃ》はいいました。「わたしは真善美《しんぜんび》についてかいていています。けれどだれもそんなことに耳《みみ》をかたむけてはくれないので、わたしはまったく絶望《ぜつぼう》していますよ。なにしろこれはわたしにはだいじなことなので。」

「わたしにはいっそうなんでもないですね。」と、影《かげ》はいいました。「わたしはこのとおり肥《こ》えてあぶらぎっていいます。まあそうなるように心《こころ》がけねばならん。そうだ、あなたはまだ世間《せけん》がわかっていないのだ。そんなことをしていると病気《びょうき》になりますよ。旅《たび》をするんですな。わたしは、この夏旅行《なつりょこう》をやりますが、いっしょにいかがです。わたしも道《みち》づれをひとりほしいところだ。あなたはわたしの影《かげ》になって同行《どうこう》してください。あなたを同伴《どうはん》することは、ひじょうに、ゆかいなことにちがいない。旅費《りょひ》はわたしが持《も》ちますよ。」

「どうもそれはすこしひどいな。」と、学者《がくしゃ》はいいました。

「それは考《かんが》えようしだいです。」と、影《かげ》はいいました。「旅行《りょこう》すれば、あなたはまたずっとじょうぶになりますよ。わたしの影《かげ》になってくだされば、旅中一切《りょちゅういっさい》、あなたは一文《いちもん》いらずですよ。」

「そりゃひどすぎる。」と、学者《がくしゃ》はいいました。

「しかしそれが世間《せけん》ですよ。」と、影《かげ》はいいました。「どこまでいってもやはりそうでしょう。」

こういって影《かげ》はいってしまいました。そののちも学者《がくしゃ》はいっこう運《うん》よくはなりません。悲《かな》しみと、なやみにせめつけられ、真善美《しんぜんび》についてなにをいったところで、おおくの人《ひと》には、牝牛《めうし》にばらの花《はな》をくれたようなものでした。──とうとう学者《がくしゃ》は、ほんとうに病気《びょうき》になってしまいました。「まあ、あなたは影《かげ》のようだ。」と、人《ひと》にいわれて、学者《がくしゃ》はぞっとしました。このことではべつのいみを考《かんが》えていたからです。

「それはどうしても温泉《おんせん》に行《い》くほかありますまい。」と、影《かげ》はまたたずねてきて、こういいました。

「ほかにしようがないのです。昔《むかし》のおなじみがいに、わたしがつれていってあげましょう。旅費《りょひ》はわたしが出《だ》しますから、そのかわりあなたは旅行記《りょこうき》をかいて、道《みち》みちわたしをたのしませてください。わたしは温泉《おんせん》にいこうとおもうのです。とうぜん生《は》えなければならないひげが生《は》えないのは、これも病気《びょうき》なんでしょう。にんげん、ひげがなければね。まあよく思案《しあん》して、わたしのいうとおりにおしなさい。道《みち》づれになって旅行《りょこう》するのですね。」

こうしてふたりは旅《たび》に出《で》ました。影《かげ》がいまは主人《しゅじん》で、もとの主人《しゅじん》がいまは影《かげ》でした。ふたりはいっしょに馬車《ばしゃ》を走《はし》らせたり、馬《うま》にのったり、あるときは、そのときの太陽《たいよう》の位置《いち》しだいで並《なら》んだり、前《まえ》になったり、後《あと》になったりしました。影《かげ》はいつも、つとめていちだん上《うえ》に立《た》つようにと心《こころ》がけていました。そういうことを学者《がくしゃ》はたいして気《き》にしません。この人《ひと》はたいへん心《こころ》の善良《ぜんりょう》な、またなみはずれておだやかなやさしい人《ひと》でした。それですから、ある日《ひ》、学者《がくしゃ》は、影《かげ》にこんなことをいいました。

「われわれはおたがいに、こうして旅《たび》の道《みち》づれになったのであるし、またこどもの時《とき》からいっしょにそだったなかでもあるのだから、ひとつ、きょうだいのさかずきをくみかわして、おれ、おまえで行《い》こうじゃないか。それでいっそう親密《しんみつ》にもなれよう。」

「きみのいうことにも一理《いちり》はある。」と、いままでは本式《ほんしき》に主人《しゅじん》になりすました影《かげ》がいいました。「だいぶ親切《しんせつ》に卒直《そっちょく》にいってくれられたのだから、わたしも、やはりしんせつに卒直《そっちょく》にいこう。きみも学者《がくしゃ》だから、いかに生《う》まれた天性《てんせい》がふしぎなものだかごぞんじだろう。人《ひと》によっては、ねずみ色《いろ》の紙《かみ》をつかめば、病気《びょうき》になるという者《もの》がある。ガラス板《いた》の上《うえ》を釘《くぎ》で引《ひ》っかくと、骨《ほね》のずいまで身《み》ぶるいがくるという者《もの》もある。さいしょきみの下《した》に使《つか》われていたときも、わたしはきみに、おまえといわれると、やはりおなじ感《かん》じがして、いわば地面《じめん》におしふせられるようにおもったものだ。これはただ感情《かんじょう》の上《うえ》のことで、べつだん尊大《そんだい》ぶるわけではないのだが。どうもわたしは、きみがわたしのことをおまえというのを、許《ゆる》すわけにいかないのだ。けれどもわたしのほうからは、むしろ、きみをおまえと呼《よ》びたいのだ。それで、ともかく、きみののぞみもなかば達《たっ》せられるわけだ。」

それからは、影《かげ》は、いぜんの主人《しゅじん》を、「おまえ」と呼《よ》びました。

「とにかくこれはひどい話《はなし》だ。」と、学者《がくしゃ》はおもいました。「わたしのほうからは、あなたといわなければならないのに、あいつのほうからは、きみとか、おまえとかと呼《よ》ばれるんだから。」と、そうはおもいましたが、こうなっては、いやでもがまんしなければなりませんでした。

そこでふたりは温泉場《おんせんば》にやってきました。そこにはたくさん外国人《がいこくじん》もきていましたが、そのなかにある国《くに》のおそろしく美《うつく》しい王女《おうじょ》が、ひとりまじっていました。その人《ひと》の病気《びょうき》というのは、なんでもあまり物《もの》がはっきりするどく見《み》えるので、そのためひどく落《お》ちつかないで困《こま》るということでした。で、さっそく王女《おうじょ》は、この新来《しんらい》の客人《きゃくじん》が、ほかのれんじゅうとはまったくかわっていることに気《き》がつきました。

「あの人《ひと》はひげをはやすためにきたということだが、わたしの見《み》るところでは、ほんとうのわけは、じぶんの影《かげ》がうつせないところにあるらしいわ。」

そこで王女《おうじょ》は、好奇心《こうきしん》がうごいたので、遊歩場《ゆうほじょう》であうとさっそく、この外国紳士《がいこくしんし》に、話《はな》しかけました。なにしろ王《おう》さまのおひめさまともなれば、たいして人《ひと》にえんりょする必要《ひつよう》はありませんでした。そこで、王女《おうじょ》はいいました。

「あなたの病気《びょうき》って、ごじぶんの影《かげ》がささないからなんでしょう。」

「どうも殿下《でんか》には、もうだいぶおよろしいほうに拝察《はいさつ》いたされますな。」と、影《かげ》はこたえました。

「殿下《でんか》には、なにかがあまりはっきりお目《め》に入《はい》るのが、ご病気《びょうき》だということにしょうちいたしておりますが、もうそれならばとうにご全快《ぜんかい》です。どうして、わたくしには、世《よ》にもふしぎな影《かげ》があるのでしてね。それでは、いつもわたくしといっしょにあるいております人物《じんぶつ》が、お目《め》にとまらないのでございますか。およそほかの者《もの》は普通《ふつう》の影《かげ》ですましているのですが、どうもわたくしはそれがきらいなのです。よく召使《めしつかい》の仕着《しきせ》に、じぶんの着料《きりょう》よりもじょうとうな布《ぬの》をもちいるものがありますが、わたくしもじぶんの影《かげ》を人間《にんげん》にしたてたてあるのです。いや、そのうえ、ごらんの通《とお》り、そこへさらに、ひとつの影《かげ》をすら、つけてやってあるのです。ずいぶん費用《ひよう》のかかることですが、どうも一風《いっぷう》かわったことが好《す》きな性分《しょうぶん》なのでしてね。」

「そうかしら。」と、王女《おうじょ》はおもいました。「わたしほんとうによくなったのかも知《し》れないわ。なにしろこの温《おん》泉《せん》は、どこよりも一《いち》ばんいい温泉《おんせん》よ。ここの水《みず》には、いまどきまったくたいした利目《ききめ》があるわ。でも、わたしこの温泉《おんせん》を立《た》っていこうとはおもわない。このごろやっと、ここがおもしろくなりかけたのだもの。あの外国人《がいこくじん》、ずいぶんわたし気《き》に入《い》ったわ。ただあの人《ひと》、ひげが生《は》えないといいわ。なぜといって、そうすると、またかえっていってしまうでしょうから。」

その晩《ばん》、大《おお》きな舞踏室《ぶとうしつ》で、王女《おうじょ》は影《かげ》とダンスしました。王女《おうじょ》も身《み》が軽《かる》いのに、でも影《かげ》はもっともっと身軽《みがる》で、こんなに身《み》の軽《かる》い人《ひと》をあいてに、王女《おうじょ》はまだおどったことはありませんでした。王女《おうじょ》は影《かげ》に、じぶんがどこからきたか話《はな》しました。影《かげ》はその国《くに》を知《し》っていました。影《かげ》はそこにいたことがあったのです。もっともそれは、王女《おうじょ》のるすのときでした。影《かげ》はお城《しろ》の窓《まど》を下《した》からも上《うえ》からものぞいて見《み》ましたし、あのこと、このこと、いろいろ見《み》ていました。そこで、影《かげ》は王女《おうじょ》の問《とい》に答《こた》えたり、おやと思《おも》わせるようなことを、ほのめかしたりすることができました。それで王女《おうじょ》は世界《せかい》じゅうに、この人《ひと》ほど賢《かしこ》い人《ひと》はないと考《かんが》えました。なによりもその知識《ちしき》に、たいした尊敬《そんけい》をもつようになりました。ですから、またいっしょにダンスしたとき、王女《おうじょ》は、すっかり影《かげ》が好《す》きになってしまいました。それを影《かげ》はまたじゅうぶんに見《み》ぬくことができました。というわけは、王女《おうじょ》はしじゅう穴《あな》のあくほど影《かげ》を見《み》つめていたからです。それからもういちどおどったときに、王女《おうじょ》はあやうく恋《こい》をうちあけようとしたくらいですが、考《かんが》えぶかい娘《むすめ》でしたから、生《う》まれた国《くに》のことや、じぶんの治《おさ》める王国《おうこく》のこと、いつかはじぶんが上《うえ》に立《た》つはずの人民《じんみん》たちのことをおもって、えんりょしたのです。

「賢《かしこ》い人《ひと》だとおもうわ。」王女《おうじょ》は、腹《はら》の中《なか》で考《かんが》えました。「それはいいわ、それからダンスがとてもすてきだわ。それもまたいいわ。だがあの方《かた》、いったい深《ふか》い学問《がくもん》がおありかしら、これはどうしてだいじです。どうしてもためしてみなければならない。」

そこで王女《おうじょ》は、影《かげ》に、そろそろと、およそむずかしい問題《もんだい》をもちかけ始《はじ》めました。それは王女自身《おうじょじしん》にも答《こた》えられそうもないものでした。で、影《かげ》もだいぶみょうな顔《かお》になりました。

「この問題《もんだい》にお答《こた》えができにならないの。」と、王女《おうじょ》はいいました
「そのくらい、こどものころからならっております。」と、影《かげ》はいいました。「あのとびらのところにいるわたしの影《かげ》にだって、つい造作《ぞうさ》なくできましょうよ。」

「あなたの影《かげ》にですって。」と、王女《おうじょ》はいいました。「そ

れは、まあずいぶんおめずらしいわ。」

「かならずできるとは、うけあえませんがね。」と、影《かげ》はいいました。「長年《ながねん》わたしのそばについていて、いろいろと、聞《き》きかじっておりますから、たぶんこたえられるとおもいます。──たぶん、だいじょうぶだとおもいます。しかし、ご注意《ちゅうい》もうしあげますが、どうか女王《じょおう》殿下《でんか》、かれはにんげんとおもわれることを、たいそうとくいにいたしておりますから、かれをじょうきげんにいたしておきますには──またじゅうぶんに答《こた》えさせますには、ぜひそういたさせる必要《ひつよう》がございますので──それにはじゅうぶん、にんげんらしくとりあつかってやらねばならないのでございまして。」

「けっこうです。」と。王女《おうじょ》はいいました。

そこで、王女《おうじょ》は戸口《とぐち》にいる学者《がくしゃ》の所《ところ》まで出《で》かけていって、太陽《たいよう》や月《つき》やにんげんの内部《ないぶ》と外部《がいぶ》のことで語《かた》りあいました。そして学者《がくしゃ》は、いかにもはっきりと、りっぱに答《こた》えました。

「こんなかしこい影《かげ》を持《も》っていらっしゃるなんて、なんというえらい方《かた》だろう。」と、王女《おうじょ》は考《かんが》えました。「あのような人《ひと》をおっとにえらんだならば、わたしの人民《じんみん》のためにも、王国《おうこく》のためにも、まったく幸福《こうふく》なことにそういない。――わたし、そうしよう。」

そこで王女《おうじょ》と影《かげ》とは、さっそくおたがいに意見《いけん》がいっちしました。でも帰国《きこく》するまでは、たれにもけっしてこのことを知《し》らせないことにしました。

「これはだれにも、わたしの影《かげ》にも申《もう》しません。」と、この影《かげ》はいいました。それにはじぶんだけのおもわくもありました。

やがてふたりは、王女《おうじょ》のじぶんのうちでもあるし、また王女《おうじょ》として治《おさ》めてもいる国《くに》へやって来《き》ました。

「ところで、おまえ。」と、影《かげ》は学者《がくしゃ》にいいました。「いよいよわたしもまあ人《ひと》なみに、この通《とお》り幸福《こうふく》にもなり、勢力《せいりょく》もついたのだから、おまえにもなにかとくべつなことをしてあげたいと思《おも》う。おまえには、ずっとお城《しろ》の中《なか》に住《す》んで、わたしのそばにいてもらうのだ。いっしょの王室馬車《おうしつばしゃ》に乗《の》せてやって、年金十万《ねんきんじゅうまん》ターレル払《はら》うことにする。そのかわり、だれからも、おまえは影法師《かげぼうし》と呼《よ》ばれていなければならない。また、かりにも、もとはにんげんであったなぞといってはならない。それから、一年《いちねん》に一回《いっかい》、わたしが、バルコニーのひなたに出《で》て、みんなに姿《すがた》を見《み》せているとき、いかにも影《かげ》らしく、わたしのあしもとに寝《ね》ていなければならない。じつをいうと、わたしは王女《おうじょ》と結婚《けっこん》するのだ。今晩《こんばん》がその結婚式《けっこんしき》だ。」

「いや、それはしかしひどすぎる。」と、学者《がくしゃ》はいいました。「それは困《こま》る。それだけはごめんです。それではこの国《くに》じゅうの人民《じんみん》をはじめ、王女《おうじょ》まであざむくことになる。わたしはみんないってしまう。にんげんはわたしで、きみはただの影法師《かげぼうし》が、にんげんの着物《きもの》を着《き》ているにすぎないことを。」

「だれがそんなことを信《しん》じるものか。」と、影《かげ》はいいました。「わからぬことをいうなら、番兵《ばんぺい》を呼《よ》ぶだけだ。」と、影《かげ》はいいました。

「わたしはすぐ王女《おうじょ》のところへいく。」と、学者《がくしゃ》はいいました。

「いや、わたしがさきに行《い》くよ。」と、影《かげ》がいいました。

「そして、おまえをろうやにいれてやるよ。」で、その通《とお》りになりました。それは、王女《おうじょ》のお婿《むこ》さまになる人《ひと》のいうことに、むろん、番兵《ばんぺい》たちは従《したが》ったからです。

「あなたはふるえていらっしゃいますね。」と、影《かげ》がはいって来《き》たとき、王女《おうじょ》はいいました。

「なにかあったのですの。こんばん結婚式《けっこんしき》をあげようというのに、ご病気《びょうき》ではこまりますわ。」

「どうもこんなおそろしいめにあったことはありません。」と、影《かげ》はいいました。「まあどうです――かわいそうに、まったくあんな影法師《かげぼうし》の頭《あたま》には、しょい切《き》れない重荷《おもに》でした―いやはやどうです。わたしの影法師《かげぼうし》は気《き》が狂《くる》ってしまったのです。かれはじぶんがにんげんで、そして、わたしが―まあ―どうです―わたしが、かれの影法師《かげぼうし》だと考《かんが》えているのですよ。」

「まあ、おそろしいことね。」と、王女《おうじょ》はいいました。「でもろうやにいれてあるでしょうね。」

「もちろんです。どうも正気《しょうき》にはもどらないのじゃないかと心配《しんぱい》しています。」

「まあ、かわいそうな影法師《かげぼうし》ですこと。」と、王女《おうじょ》はさけびました。「ずいぶん不幸《ふこう》ですわ。それをはかない命《いのち》から自由《じゆう》にしてやるほうが、ほんとうの功徳《くどく》というものでしょうね。わたしの考《かんが》えでは、どうやらそれは、そのままそっと片《かた》づけてしまうのが、なによりのようですわ。」

「それはいかにもつらいことです。なにぶん忠義《ちゅうぎ》な召使《めしつかい》でしたから。」こう影《かげ》はいって、ためいきをつくようなふうをしました。

「りっぱなお気性《きしょう》ですわ。」と王女《おうじょ》はいいました。その晩《ばん》、町《まち》じゅうあかりがついて、ドーン、ドーン、とお祝《いわい》の大砲《たいほう》がなりひびきました。それから兵隊《へいたい》は捧《ささ》げ銃《つつ》しました。結婚式《けっこんしき》がおこなわれたのです。王女《おうじょ》と影《かげ》とは、バルコニに姿《すがた》をあらわして、人民《じんみん》たちにあいさつをたま

わり、もういちど人民《じんみん》たちから万歳《ばんざい》の声《こえ》をあびました。
学者《がくしゃ》は、まるでこのさわぎを聞《き》かなかった、というわけは、そのまえ、もうとうに死刑《しけい》にされていたからです。

【凡例】

・本編「影」は、青空文庫作成の文字データを使用した。
底本：「新訳　アンデルセン童話集　第二巻」同和春秋社
　１９５５（昭和30）年７月15日初版発行
※「旧字、旧仮名で書かれた作品を、現代表記にあらためる際の作業指針」に基づいて、底本の表記をあらためた。
※表題は底本では、「影《かげ》」となっている。
入力：大久保ゆう
校正：小岩聖子
２０２０年12月27日作成

・文字遣いは、青空文庫のデータによる。
・この作品には、今日からみれば不適切と思われる表現が含まれているが、作品の描かれた時代と、作品本来の価値に鑑み、底本のままとした。
・ルビは、青空文庫のものに加えて、新字新仮名のルビを付し、総ルビとした。
・追加したルビには文字遣いの他、読み方など格段の基準は設けていない。

カラー

あるところに、ひとりのりっぱな紳士《しんし》がいました。この紳士《しんし》は靴《くつ》ぬぎと、それにくしを一《ひと》つ、持《も》っていました。これが、この人《ひと》の持物《もちもの》のぜんぶだったのです。そのかわり、この紳士《しんし》は、世界《せかい》でいちばんきれいなカラーを持《も》っていました。これから、わたしたちが聞《き》くお話《はなし》は、このカラーについてのお話《はなし》なんですよ。

さて、カラーは年《とし》ごろになりましたので、ぼつぼつ、結婚《けっこん》したいと思《おも》いました。すると、あるとき、ぐうぜん、せんたくものの中《なか》で、靴下《くつした》どめに出会《であ》いました。

「これは、これは!」と、カラーは言《い》いました。「いままでわたしは、あなたのようにすらりとして、じょうひんで、しかも、しとやかで、きれいなかたを、見《み》たことがありません。お名前《なまえ》をうかがわせていただけませんか?」

「申《もう》しあげられませんわ」と、靴下《くつした》どめは言《い》いました。

「どちらにおすまいですか?」と、カラーはたずねました。

けれども、靴下《くつした》どめは、ひどくはずかしがりやだったものですから、そんなことに答《こた》えるのは、なんだかおかしな気《き》がしました。

「あなたは、きっと、帯《おび》なんですね」と、カラーは言《い》いました。「それも、着物《きもの》の下《した》にしめる帯《おび》なんでしょう。あなたが、じっさいの役《やく》にも立《た》ち、飾《かざ》りにもなるくらいのことは、ぼくにだって、ちゃあんとわかりますよ。かわいいお嬢《じょう》さん！」

「あたしに話《はな》しかけないでください」と、靴下《くつした》どめは言《い》いました。「あなたにお話《はなし》するきっかけをあげたつもりはありませんわ」

「とんでもない、あなたのようにおきれいならば」と、カラーは言《い》いました。「きっかけなんて、じゅうぶんぁりますよ」

「あんまり、そばへ寄《よ》らないでくださいな」と、靴下《くつした》どめは言《い》いました。「あなたって、ずいぶん、ずうずうしそうですもの」

「ぼくは、これでもりっぱな紳士《しんし》ですよ」と、カラーは言《い》いました。「ぼくは、靴《くつ》ぬぎや、くしを、持《も》っているんですからね」

といっても、これは、ほんとうのことではありません。靴《くつ》ぬぎや、くしを持《も》っているのは、カラーのご主人《しゅじん》なんですからね。カラーは、ほらをふいたのでした。

「そばへ来《こ》ないでください」と、靴下《くつした》どめは言《い》いました。

「あたし、こういうことに、なれていないんですもの」

「気取《きど》りやめ」と、カラーは言《い》いました。

そのとき、カラーはせんたくものの中《なか》から取《と》り出《だ》されました。そして、のりをつけられて、椅子《いす》の上《うえ》で日《ひ》にあてられました。それから、アイロン台《だい》の上《うえ》に寝《ね》かされました。すると、そこへ、あついアイロンがやってきました。

「奥《おく》さん!」と、カラーは言《い》いました。「かわいい未亡《みぼう》人《じん》の奥《おく》さん。ぼくは、すっかりあつくなりましたよ。もう、見《み》ちがえるようになりました。しわもなくなって、こんなにきれいになりました。おまけに、焼《や》け穴《あな》までこしらえてくれましたね。うう、あつい!―ぼくはあなたに、結婚《けっこん》を申《もう》しこみますよ」

「ふん、ぼろきれのくせに！」と、アイロンは言《い》って、カラーの上《うえ》を、いばって通《とお》っていきました。それというのも、このアイロンは、ものすごくうぬぼれがつよくて、自分《じぶん》では汽車《きしゃ》をひっぱる機関車《きかんしゃ》のようなつもりでいたからです。

「ぼろきれのくせに！」と、アイロンは言《い》いました。

カラーのへりが、すこしすりきれました。そこで、今《こん》度《ど》は、紙《かみ》きりばさみがやってきて、そのすりきれたところを切《き》りとろうとしました。

「おや、おや！」と、カラーは言《い》いました。「あなたは、たしかに、一流《いちりゅう》の踊《おど》り子《こ》ですね。まあ、なんて、足《あし》がよくのびるんでしょう。こんなに美《うつく》しいものは、まだ一度《いちど》も見《み》たことがありません。どんな人《ひと》にだって、あなたのまねはできませんよ」

「そんなことくらい、知《し》っててよ」と、はさみは言《い》いました。

「あなたは、伯爵夫人《はくしゃくふじん》になったって、りっぱなものですよ」と、カラーは言《い》いました。「ぼくの持《も》っているのは、りっぱな紳士《しんし》と、靴《くつ》ぬぎと、くしだけです。これに、伯爵領《はくしゃくりょう》がありさえすれば、いいんですがねえ」

「あら、結婚《けっこん》を申《もう》しこんでるのね」と、はさみは言《い》いました。はさみは、すっかりおこってしまったので、そのいきおいで、つい、大《おお》きく切《き》りすぎてしまいました。こうして、とうとう、カラーは、おはらいばこになってしまいました。

「さてと、こうなったら、くしにでも、結婚《けっこん》を申《もう》しこむか。―かわいいお嬢《じょう》さん！　あなたの歯《は》は、なんてきれいにならんでいるんでしょう！」と、カラーは言《い》いました。「あなたは、いままでに、婚約《こんやく》ということをお考《かんが》えになったことはありませんか？」

「もちろん、ありますわ」と、くしは言《い》いました。「だって、もう、靴《くつ》ぬぎさんと婚約《こんやく》しているんですもの」

「婚約《こんやく》しているって!」と、カラーは言《い》いました。これで、もう、結婚《けっこん》を申《もう》しこむ相手《あいて》は、ひとりもありません。そこで、カラーは、結婚《けっこん》のことをけいべつするようになりました。

長《なが》い年月《ねんげつ》がたちました。とうとう、カラーは、製糸工《せいしこう》場《じょう》の箱《はこ》の中《なか》へやってきました。そこには、ぼろがたくさん集《あつ》まっていました。でも、上等《じょうとう》のものは上等《じょうとう》のもの、下等《かとう》のものは下等《かとう》のもの、というふうに、べつべつに別《わか》れて集《あつ》まっていました。みんなは、話《はな》すことをいっぱい持《も》っていました。なかでも、カラーは、いちばんたくさん持《も》っていました。なぜって、カラーはたいへんなほら・・

ふきだったんですからね。

「ぼくには、恋人《こいびと》が山《やま》ほどいたもんさ」と、カラーは言《い》いました。「おかげで、ぼくは、おちついていることもできやしなかった。これでもぼくは、りっぱな紳士《しんし》だったんだぜ。ちゃあんと、のりつけをした紳士《しんし》さ。それに、ぼくは、一度《いちど》も使《つか》ったことのない、靴《くつ》ぬぎと、くしまで、持《も》っていたんだよ。―あのころのぼくを、みんなに見《み》せたかったなあ。きちんとたたまれて、横《よこ》になっていた、あのころのぼくをさ。

それはそうと、さいしょの恋人《こいびと》のことは、忘《わす》れられないもんだね。あのひとは、とってもじょうひんで、やさしくって、きれいな帯《おび》だったっけ。ぼくのために、せんたくおけの中《なか》まで、とびこんできたもんさ。そうそう、未亡人《みぼうじん》もいたよ。あの人《ひと》は、すっかりあつくなっちゃったが、ぼくはほったらかしておいた。黒《くろ》くなるまでね。

そのつぎが、一流《いちりゅう》の踊《おど》り子《こ》さ。この女《おんな》のおかげで、ぼくは傷《きず》をうけちまってね、これ、このとおり、そのあとが、いまでものこっているしまつさ。まったく、気《き》のつよい女《おんな》だったよ。すると、今度《こんど》は、ぼく自身《じしん》のくしまでが、ぼくを恋《こい》しちまってね。その恋《こい》の苦《くる》しさのために、すっかり歯《は》がぬけちまったよ。こんな話《はなし》なら、いくらでもあるよ。

しかし、ぼくが、いちばんわるいことをしたと思《おも》っているのは、あの靴下《くつした》どめ、――いや、せんたくおけの中《なか》までとびこんできた、あの帯《おび》のことだよ。これには、ぼくも良心《りょうしん》の苦《くる》しみをおぼえているんだ。考《かんが》えてみれば、いま、ぼくが白《しろ》い紙《かみ》になるのも、しかたがないかもしれない」

そして、カラーはそのとおりになりました。ほかのぼろたちも、みんな白《しろ》い紙《かみ》になりました。

ところが、カラーのなった白《しろ》い紙《かみ》というのが、どうでしょう。いま、わたしたちが見《み》ている白《しろ》い紙《かみ》、このお話《はなし》の印刷《いんさつ》されている、白《しろ》い紙《かみ》なんです。というのも、カラーは、あとになって、ありもしないことまで、とんでもないほら・・をふいたからなんです。

わたしたちは、このことをよくおぼえておいて、そんなことをしないように、気《き》をつけましょう。なぜならばですよ、このわたしたちにしたって、いつかは、ぼろ箱《ばこ》の中《なか》にはいって、白《しろ》い紙《かみ》にされないともかぎりませんからね。それも、自分《じぶん》の話《はなし》を、ごくごくないしょのことまでも印刷《いんさつ》されて、あっちこっち話《はな》しまわらなければならないともかぎらないんですから。ちょうど、このカラーのようにですよ。

カラー

【凡例】

・本編「カラー」は、青空文庫作成の文字データを使用した。

底本：「マッチ売りの少女　（アンデルセン童話集Ⅲ）」新潮文庫、新潮社
　　１９６７（昭和42）年12月10日発行
　　１９８１（昭和56）年５月30日21刷
入力：チエコ
校正：木下聡
２０２０年８月28日作成

・文字遣いは、青空文庫のデータによる。
・この作品には、今日からみれば不適切と思われる表現が含まれているが、作品の描かれた時代と、作品本来の価値に鑑み、底本のままとした。
・ルビは、青空文庫のものに加えて、新字新仮名のルビを付し、総ルビとした。
・追加したルビには文字遣いの他、読み方など格段の基準は設けていない。

いいなずけ

・・・・
こまとまりが、ほかのおもちゃのあいだにまじって、同《おな》じ引出《ひきだ》しの中《なか》にはいっていました。あるとき、こまが、まりにむかって言《い》いました。

「ねえ、おんなじ引出《ひきだ》しの中《なか》にいるんだから、ぼくのいいなずけになってくれない?」
・・・・
けれども、まりは、モロッコがわの着物《きもの》を着《き》ていて、自分《じぶん》では、じょうひんなお嬢《じょう》さんのつもりでいましたから、そんな申《もう》し出《で》には返事《へんじ》もしませんでした。

そのつぎの日《ひ》、おもちゃの持《も》ち主《ぬし》の小《ちい》さな男《おとこ》の子《こ》がきました。男《おとこ》の子《こ》は、こまに赤《あか》い色《いろ》や、黄色《きいろ》い色《いろ》をぬりつけて、そのまんなかに、しんちゅうのくぎを一本《いっぽん》、うちこみました。こまが、ブンブンまわりだすと、ほんとうにきれいに見《み》えました。

「ぼくを見《み》てよ」と、こまは、まりに言《い》いました。「ねえ、今度《こんど》は、どう？　いいなずけにならない？　ぼくたち、とても似合《にあ》ってるもの。きみがはねて、ぼくが踊《おど》る。きっと、ぼくたちふたりは、だれよりもしあわせになれるよ」

「まあ、そうかしら」と、まりが言《い》いました。「でも、よくって。あたしのおとうさんとおかあさんは、モロッコがわのスリッパだったのよ。それに、あたしのからだの中《なか》には、コルクがはいっているのよ」

「そんなことといや、ぼくだって、マホガニーの木《き》でできているんだよ」と、こまが言《い》いました。「それも、市《し》長《ちょう》さんが、ろくろ台《だい》を持《も》っているもんだから、自分《じぶん》で、ぼくを作《つく》ってくれたんだよ。とっても、ごきげんでね」

「そうお。でも、ほんと？」と、まりが言《い》いました。

「もし、これがうそだったら、ぼく、もう、ひもで打《う》ってもらえなくったって、しかたがないよ」と、こまは答《こた》えました。

「あなた、ずいぶんお口《くち》がうまいのね」と、まりは言《い》いました。「でも、だめだわ。あたし、ツバメさんと、はんぶん、婚約《こんやく》したのもおんなじなのよ。だって、あたしが高《たか》くはねあがると、そのたびに、ツバメさんたら、巣《す》の中《なか》から頭《あたま》を出《だ》して、『どうなの？　どうなの？』ってきくんですもの。それで、あたし、心《こころ》の中《なか》で、『ええ、いいわ』って言《い》ってしまったの。だから、はんぶん婚約《こんやく》したようなものでしょ。でも、あなたのことは、けっして忘《わす》れないわ。あたし、お約束《やくそく》してよ」

「うん、それだけでもいいや」と、こまは言《い》いました。そして、ふたりの話《はなし》は、それきり、おわってしまいました。

あくる日《ひ》、まりは、外《そと》へ連《つ》れていかれました。こまが見《み》ていると、まりは、鳥《とり》のように、空高《そらたか》くはねあがりました。しまいには、見《み》えないくらい、高《たか》くはねあがりましたが、でも、そのたびに、もどってきました。そして、地面《じめん》にさわったかと思《おも》うと、すぐまた、高《たか》く飛《と》びあがるのでした。そんなに高《たか》くはねあがるのは、まりが、そうしたいと、あこがれていたからかもしれません。でなければ、からだの中《なか》に、コルクがはいっていたためかもしれません。けれども、九回《きゅうかい》めに飛《と》びあがったとき、まりは、どこかへ行《い》ってしまって、それなりもどってきませんでした。男《おとこ》の子《こ》は、いっしょうけんめいさがしましたが、どうしても見《み》つかりませんでした。

「あのまりちゃんが、どこに行《い》ったか、ぼくは、ちゃあんと知《し》っている」と、こまは、ため息《いき》をついて、言《い》いました。「ツバメくんの巣《す》の中《なか》にいるのさ。ツバメくんと結婚《けっこん》してね」

こまは、そう思《おも》えば思《おも》うほど、ますます、まりに心《こころ》をひかれていくのでした。まりをお嫁《よめ》さんにもらうことができなかっただけに、いっそう、恋《こい》しさがましてきました。まりがほかの人《ひと》と結婚《けっこん》したって、そんなことは、なんのかかわりもありません。

こまは、あいかわらずブンブンうなりながら、踊《おど》りまわりました。そのあいだも、心《こころ》の中《なか》で思《おも》っているのは、いつもまりのことばかりでした。こまの頭《あたま》の中《なか》に浮《うか》んでくる、まりのすがたは、ますます美《うつく》しいものになっていきました。

こうして、幾年《いくねん》も、たちました。――ですから、今《いま》ではもう、ふるい、ふるい、恋《こい》の物語《ものがたり》になってしまったわけです。

そして、こまも、もう、若《わか》くはありません。――ある日《ひ》のこと、こまは、からだじゅうに、金《きん》をぬってもらいました。こんなにきれいになったことは、今《いま》までにもありません。今《いま》では金《きん》のこまです。こまは、ビューン、ビューン、うなっては、はねあがりました。そのありさまは、まったくすばらしいものでした。ところが、とつぜん、あんまり高《たか》くはねあがったものですから、それきりどこかへ行《い》ってしまいました。

みんなは、さがしに、さがしました。地下室《ちかしつ》までおりていって、さがしましたが、どうしても見《み》つかりません。どこへ行《い》ってしまったのでしょう？

こまは、ごみ箱《ばこ》の中《なか》に、飛《と》びこんだのです。そこには、いろんなものがありました。キャベツのしんだの、ごみだの、といからおちてきたじゃりだのが。

「こいつはまた、すてきなところだ。ここじゃ、ぼくのからだにぬってある金《きん》も、すぐ、はげちまうな。だけどまあ、なんて、きたならしいやつらのところへ、きたもんだ！」

こまは、こう言《い》いながら、葉《は》をむきとられた、細長《ほそなが》いキャベツのしんと、ふるリンゴみたいな、まるい、へんてこな物《もの》のほうを、横目《よこめ》でみました。ところが、それは、リンゴではありません。それこそ、年《とし》をとって、かわりはてた、まりの姿《すがた》だったのです。まりは、幾年《いくねん》ものあいだ、といの中《なか》にはいっていたものですから、からだの中《なか》に水《みず》がはいりこんで、すっかり、ふくれあがっていたのでした。

「あら、うれしいこと。お話《はな》し相手《あいて》になるような、仲《なか》間《ま》がきてくれたわ」と、まりは言《い》って、金《きん》をぬった、こまをながめました。「あたし、ほんとうは、若《わか》い女《おんな》の人《ひと》の手《て》で、ぬっていただいてね、モロッコがわの着物《きもの》を着《き》ているのよ。からだの中《なか》には、コルクもはいっているの。でも、だれにも、そんなふうには見《み》えないでしょうねえ。あたし、もうすこしで、ツバメさんと結婚《けっこん》するところだったんですけど、あいにくと、といの中《なか》に落《お》っこちて、そこに、五年《ごねん》もいましたの。それで、こんなに、水《みず》でふくれてしまったんですわ。そりゃあねえ、若《わか》い娘《むすめ》にとっては、ずいぶん長《なが》い年月《ねんげつ》でしたわ！」

　けれども、こまは、なんにも言《い》いませんでした。心《こころ》の中《なか》では、むかしの恋人《こいびと》のことを思《おも》っているのでした。でも、話《はなし》を聞《き》いているうちに、これが、あのときのまりだということが、だんだん、はっきりしてきました。

　そのとき、女中《じょちゅう》がやってきて、ごみ箱《ばこ》をひっくりかえしました。そして、

「あら、こんなところに、金《きん》のこまがあるわ」と、言《い》いました。

　こうして、こまは、また、お部屋《へや》の中《なか》にもどって、名誉《めいよ》をとりもどしました。けれども、まりのほうは、それからどうなったか、わかりません。こまも、むかしの

恋《こい》のことについては、それきりなにも言《い》いませんでした。どんなに好《す》きな人《ひと》でも、五年《ごねん》ものあいだ、といの中《なか》にいて、水《みず》ですっかりふくれあがってしまっては、恋《こい》もなにもおしまいです。おまけに、ごみ箱《ばこ》の中《なか》で会《あ》ったのでは、いくらむかしの恋人《こいびと》でも、とてもわかるものではありません。

【凡例】

・本編「いいなずけ」は、青空文庫作成の文字データを使用した。

底本：「人魚の姫　アンデルセン童話集Ⅰ」新潮文庫、新潮社

　　１９６７（昭和42）年12月10日発行

　　１９８９（平成元）年11月15日34刷改版

　　２０１１（平成23）年９月５日48刷

入力：チエコ

校正：木下聡

２０２１年４月27日作成

・文字遣いは、青空文庫のデータによる。

・この作品には、今日からみれば不適切と思われる表現が含まれているが、作品の描かれた時代と、作品本来の価値に鑑み、底本のままとした。

・ルビは、青空文庫のものに加えて、新字新仮名のルビを付し、総ルビとした。

・追加したルビには文字遣いの他、読み方など格段の基準は設けていない。

とびくらべ

あるとき、ノミと、バッタと、とび人形《にんぎょう》（注）が、われわれの中《なか》で、だれがいちばん高《たか》くとべるか、ひとつ、ためしてみようじゃないか、と言《い》いました。そこで、さっそく、世界《せかい》じゅうの人々《ひとびと》に招待状《しょうたいじょう》を出《だ》して、このすばらしいとびくらべを見《み》たいと思《おも》う人《ひと》は、だれでも、呼《よ》んであげることにしました。

さて、いよいよ、この三人《さんにん》の高《たか》とびの選手《せんしゅ》たちが、そろって部屋《へや》の中《なか》にはいってきました。

「では、いちばん高《たか》くとんだものに、わしの娘《むすめ》をやることにしよう」と、王《おう》さまが言《い》いました。「せっかく、高《たか》くとんでも、ほうびがなにもないのでは、かわいそうだからのう」

ノミが、いちばんさきに出《で》てきました。ノミは、礼儀《れいぎ》作法《さほう》をちゃんと心得《こころえ》ていて、あっちへもこっちへも、ていねいにおじぎをしました。むりもありません。ノミのからだの中《なか》には、お嬢《じょう》さんの血《ち》が流《なが》れているのですからね。それに、ノミがいつもおつきあいしているのは、人《にん》間《げん》ばかりですしね。これも、忘《わす》れてはならない、たいせつなことです。

二番《にばん》めに、バッタが出《で》てきました。ノミよりも、ずっと重《おも》たそうなからだつきをしていましたが、それでも、からだの動《うご》かしかたなどは、なかなかじょうずなものでした。そして、緑色《みどりいろ》の制服《せいふく》を着《き》ていましたが、これは生《うま》れたときから、身《み》につけているものでした。それに、自《じ》分《ぶん》で話《はな》しているところによると、なんでも、エジプトという国《くに》の、たいへん古《ふる》い家《いえ》がらの生《うま》れだそうで、その国《くに》ではみんなからたいそう尊敬《そんけい》されている、ということでした。でも、ほんとうのところ、このバッタは、おもての原《はら》っぱから連《つ》れてこられて、三階《さんかい》だての、トランプの家《いえ》の中《なか》に入《い》れられたのです。そのトランプの家《いえ》というのは、トランプのカードの絵《え》のあるほうを、内側《うちがわ》へむけて、作《つく》ったものでした。戸《と》や窓《まど》もちゃんとついていて、ちょうど、ハートの女王《じょおう》のからだのところにありました。

「ぼくがうたいますとね」と、バッタは言《い》いました。「じつは、この国《くに》で生《うま》れたコオロギが、十六《じゅうろっ》ぴきいるんですが、その連中《れんちゅう》ときたら、小《ちい》さいときから、ピーピー鳴《な》いているのに、いまになっても、まだトランプの家《いえ》に入《い》れてもらえないものですから、ぼくがうたうのを聞《き》くたびに、しゃくにさわって、まえよりも、もっともっとやせてしまうんですよ」

こうして、ノミとバッタのふたりは、自分《じぶん》たちが、どういうものであるかを、かわるがわる、しゃべりたてました。そして準備《じゅんび》もじゅうぶんにして、自分《じぶん》こそ、お姫《ひめ》さまをお嫁《よめ》さんにもらうことができるものと、思《おも》いこんでいました。

とび人形《にんぎょう》は、なんにも言《い》いませんでした。でも、かえって、それだけ考《かんが》えぶかいのだと、人々《ひとびと》は言《い》いました。それから、イヌは、ただにおいをかいだだけで、このとび人形《にんぎょう》は生《うま》れがいいと、うけあいました。また、だまってばかりいるので、そのごほうびに、勲章《くんしょう》を三《みっ》つもいただいた年《とし》よりの顧問官《こもんかん》は、このとび人形《にんぎょう》はたしかに予言《よげん》の力《ちから》をもっております、と申《もう》したてました。その背中《せなか》を見《み》れば、ことしの冬《ふゆ》はおだやかなのか、それとも、きびしいのか、そういうことも、わかるというのです。だけど、そんなことは、こよみを書《か》く人《ひと》の背中《せなか》を見《み》たって、とてもわかるものではないんですがね。

「そうか、わしは、なにも言《い》わんでおこう」と、年《とし》とった王《おう》さまは言《い》いました。「だが、わしには、自分《じぶん》のやりかたもあるし、自分《じぶん》の考《かんが》えもあるのじゃ」

いよいよ、とびくらべが、はじまりました。

ノミは、あんまり高《たか》くはねあがったものですから、どこへ行《い》ったのやら、だれにもわかりませんでした。ですから、みんなは、ちっとももとびはしなかった、と言《い》いはりました。でも、それでは、ずいぶんひどいですね。

バッタは、その半分《はんぶん》くらいしか、とびませんでした。

ところが、ぐあいのわるいことに、ちょうど王《おう》さまの顔《かお》にぶつかってしまったので、王《おう》さまは、

「これは、けしからん」と、言《い》いました。

とび人形《にんぎょう》は、長《なが》いあいだ、じっとして、静《しず》かに考《かんが》えこんでいました。それで、とうとうしまいには、みんなも、こいつはとぶことができないんだろう、と思《おも》うようになりました。

「気持《きもち》でも、わるくなったのでなければいいが」と、イヌは言《い》って、またそばへよって、においをかぎました。

と、そのとたんに、パン、と、とび人形《にんぎょう》がはねあがりました。ちょっとななめにとんで、低《ひく》い金《きん》の椅子《いす》に腰《こし》かけていたお姫《ひめ》さまの、ひざにとびこみました。

そのとき、王《おう》さまが言《い》いました。

「いちばん高《たか》くとぶということは、つまり、わしの娘《むすめ》のところまで、とびあがるということじゃ。そこが、なかなかだいじなところだ。しかし、それを思《おも》いつくのには頭《あたま》がいる。ところが、いま見《み》ていると、このとび人形《にんぎょう》は、頭《あたま》のあることを見《み》せてくれた。頭《あたま》に骨《ほね》があるというわけじゃ」

こういうわけで、とび人形《にんぎょう》は、お姫《ひめ》さまをいただきました。

「なんてったって、ぼくがいちばん高《たか》くとんだんだ」と、ノミは言《い》いました。「だが、そんなことは、もうどうだっていいや。お姫《ひめ》さまには、木《き》の切《き》れっぱしと、マツやにのついたガチョウの骨《ほね》でもやっておきゃいいのさ。なんてったって、ぼくがいちばん高《たか》くとんだんだ。だけど、世《よ》の中《なか》でみとめてもらうのには、だれにでも見《み》える、からだがいるんだなあ！」

その後《ご》、ノミは、外国《がいこく》に行《い》って、軍隊《ぐんたい》にはいりましたが、人《ひと》の話《はなし》では、戦死《せんし》したということです。

バッタは、外《そと》のみぞの中《なか》にすわって、世《よ》の中《なか》ってもの

のことを、じっと考《かんが》えていました。そして、ノミと同《おな》じように、

「からだがいる！　からだがいる！」と、言《い》いました。そして、この虫《むし》だけがもっている、独特《どくとく》の、悲《かな》しげな歌《うた》をうたいました。いましているお話《はなし》は、その歌《うた》からかりてきたものなのです。といっても、このお話《はなし》は、こんなふうに印刷《いんさつ》されてはいますけれども、うそかもしれませんよ。

（注《ちゅう》）とび人形《にんぎょう》というのは、原書《げんしょ》では、とびガチョウとなっています。つまり、ガチョウの骨《ほね》で作《つく》ってある子供《こども》のおもちゃのことで、それにさわると、とびあがるしかけになっています。

【凡例】

・本編「とびくらべ」は、青空文庫作成の文字データを使用した。

底本：「マッチ売りの少女　（アンデルセン童話集Ⅲ）」新潮文庫、新潮社

　１９６７（昭和42）年12月10日発行

　１９８１（昭和56）年５月30日21刷

入力：チエコ

校正：木下聡

２０２０年９月28日作成

・文字遣いは、青空文庫のデータによる。

・この作品には、今日からみれば不適切と思われる表現が含まれているが、作品の描かれた時代と、作品本来の価値に鑑み、底本のままとした。

・ルビは、青空文庫のものに加えて、新字新仮名のルビを付し、総ルビとした。

・追加したルビには文字遣いの他、読み方など格段の基準は設けていない。

大活字本シリーズ
海外童話傑作選
アンデルセン② マッチ売りの少女

2025年1月17日 第1版第1刷発行

著 者 アンデルセン
編 者 三 和 書 籍

発行者 高 橋 考
発 行 三 和 書 籍

〒112-0013 東京都文京区音羽2-2-2
電話 03-5395-4630 FAX 03-5395-4632
sanwa@sanwa-co.com
https://www.sanwa-co.com/

印刷／製本 中央精版印刷株式会社

ISBN978-4-86251-574-2 C3097